新津きよみ

なまえは語る

実業之日本社

実業之日本社文庫

目次

名づけられて

1

「男の子ですよ」

その言葉を耳にした瞬間、貴江《たかえ》は思わず「うっそぉ」と場違いにも声を上げてしまった。看護師の言い間違いではないか、と思ったのだ。

「元気な男の子です」

しかし、薄いピンクの白衣を着た看護師は明瞭な声で繰り返し、まだ血液や分泌物が付着したままの赤ん坊を腕に抱いて貴江の顔に近づけた。

分娩台《ぶんべんだい》の上でやや上半身を起こし、産声《うぶごえ》を上げているわが子を見る。湯気が立っていそうな生まれたての赤ちゃん。湾曲した短い足のあいだに、男性のシンボルがちょこんとくっついている。貴江の全身を襲った脱力感は、出産という人生の大仕事を成し遂げた安堵《あんど》からくるものだけではなかった。

「でも、先生は女の子だって……」

「こういうこともたまにはありますよ。角度によっては、オチンチンが葉っぱのように見えるときがありますからね」

医者は意に介した様子もなくのんきに言ってのけ、ハハハと笑った。「最終的には、神のみぞ知るってことですか」

――そんな……。

自分の産んだ子供だ。男の子であろうと女の子であろうと、等しく可愛《かわい》い。だが、問題はその名前だった。

性別が女の子と判明して以来、陣痛に見舞われる瞬間まで、貴江はお腹《なか》の子に「ナナちゃん」と語りかけていた。男の子の名前など一つも頭に浮かびはしなかったのだ。

ナナで始まるいくつもの名前の中からようやく絞り込んだ「ナナミ」が、濃い霧の中へと空《むな》しく吸い込まれていった。

＊

あれは、妊娠七か月に入ったころだった。

「赤ちゃんの性別、知りたいですか？」

定期検診時、産婦人科医がエコーの画像を観察しながら聞いた。

「もうわかるんですか？」

診察台に乗った格好で、貴江は聞き返した。

「足のあいだを見れば、大体わかりますよ。男の子はオチンチンのようなものがのぞいているし、女の子のそこは葉っぱのような形になっています」

そう言われて貴江は目を凝らして画像を見たが、胎児が動いて鮮明には見えなかった。だが、医者には男の子か女の子か判別できるらしい。

「どっちですか？」

前もって性別がわかれば、出産後の準備がしやすい。出産祝いにもらう服や靴も、「男の子用のを」とか「女の子用のを」などと指定できる。何よりも、お腹の子に名前で呼びかけることができ、一体感が増す。

「女の子です」

性別を知りたいと意思表示した貴江に、医者は断定的にそう答えたのだったが……。

2

「ナナって、いい響きだと思わない？」

お腹の子が女の子だとわかったその日から、貴江の頭の中は女の子の名前でいっぱいになった。ノートに思いつくままに好きな名前を書き連ね、姓名判断の本を持ち出しては、名字の山崎《やまざき》との組み合わせや画数が悪いとされる名前を消していった。最後に残ったのが、「ナナ」という音を持つ名前だった。やさしい柔らかな響き。いつ、どんな場面でも、わが子を呼ぶのに最適な響きの名前だと貴江には思われた。そこで、夫の直樹《なおき》に提案してみた。

ところが、「ナナ……か」と、直樹はどこか浮かない顔でつぶやいた。

「気に入らないの？」

「そういうわけじゃないけど、俺が直樹でイニシャルがNだろ？　子供のイニシャルもNだったら、何だか顔まで俺に似ちゃいそうで可哀《かわい》そうでさ。女の子が父親に似るのもなあ」

「そんな理由で、ナナって名前が嫌なの？」

「女の子なら、俺より君に似たほうがいいだろ？　だったら、イニシャルがTになる名前はどうかな」

「母親と同じイニシャルがいいなんて、そんなの、聞いたことがないわ」

「いいじゃないか。命名に規則なんてないんだしさ」

「じゃあ、どういう名前がいいの？」

「たとえば、チエとかチエコとかさ」

「チは、TじゃなくてCよ」

「ああ、そうか。じゃあ、タカコとかトモコとかテルミとかはどう？」

「ピンとこないわね。どれも、古臭い感じがするし」

貴江は、自分の名前が好きではない。小学校でいちばんモテた同級生は「美紀《みき》ちゃん」だったし、中学校でピアノがうまかったクラス委員は「里織《さおり》ちゃん」だった。都会的な彼女たちの名前に比べると、自分のそれがひどく田舎臭く思えてならなかった。

――自分の子供には洗練された名前をつけたい。

それが、貴江の夢だったのだ。

「やっぱり、ナナって響きがいいわ。さっきね、『ナナちゃん』って呼びかけてお腹をさすったら、ピクンと動いたの。返事をしてくれたってことよ。この子もナナって名前を気に入ってくれたんだわ」

「君がそんなにナナにこだわるんだったら、別にそれでもいいけどさ」

直樹は、消極的な姿勢ながらも貴江の案に賛成したが、「でも、一つだけ俺の意見を取り入れてほしいな」と言った。

「何?」

「ナナで始まる名前はいいけど、ナナコとかナナミとか、あとに一字つけてほしいんだよな」

「どうして?」

「昔から、生理的にゾロ目の名前ってのが苦手でね。猫でもミミとかモモとかいうのはどうも……」

「いいわよ。ナナコでもナナミでも、愛称は『ナナちゃん』になるからね」

生理的に苦手な名前があるのは、貴江にも理解できる。たとえば貴江は、自分のように下に「エ」がつく名前は嫌いだ。貴江が貴恵であっても貴枝であっても、生理的に好きにはなれない。したがって、「ナナエ」は名前の候補からはずした。

それから、貴江と直樹は辞書を引っ張り出して、思いつく限りの名前と思いつく限りの組み合わせの漢字をノートに書き出した。そして、バランスが悪いと思われる名前や単純に嫌いな名前を消していった。

——奈々子。菜々子。奈々美。菜々美。奈波。七海。奈々緒。菜々緒。七緒。奈々瀬。菜々瀬。七瀬。七星。奈々香。菜々香。七香。奈々葉。菜々葉。七葉。

奈々穂。菜々穂。七穂。七夢。奈々矢。菜々也。奈々世。菜々代。

直樹は、それらの中で「七海」がいいと言った。「数字の七と海が好き」という理由を挙げて。

貴江も「七海」に傾きかけたが、過去十年間の女の子の命名リストを見て考えを変えた。七海という名前は、平成九年から女の子の名前のベストテンに入っている。それだけ、幼稚園や小学校で同じ漢字の名前と出会う確率が高いということだ。けれども、「ナナミ」という音の響きは捨てがたい。そこで貴江は、「七波」か「七美」を提案した。

「漢字は、生まれてから考えても遅くはないだろう」

直樹がそう言って、

「それもそうね」

貴江は、ひとまず「ナナミ」で満足することにした。実際に生まれた女の子の顔を見れば、雰囲気にぴったりの漢字が自然と思いつくだろう。

お腹の子が女の子であること、「ナナミ」という名前をつけることは、国立《くにたち》に住む直樹の両親にも告げてあった。

「あなたたちの好きなようにすればいいわ。いまはただ、元気な子が生まれることだけを祈っているわ」

と、義母の敏子《としこ》は貴江に温かい言葉をかけてくれた。

しかし、実際にこの世に生を受けた子は男の子だったというわけだ。

3

生まれた子供が男の子だったとわかった途端、直樹の両親は俄然《がぜん》、命名に興味を示した。

「何と言っても山崎家の孫ですもの」

敏子は、産院で孫を抱くとすぐに名前の話題に触れた。「しかも男の子。名前は大事よね。あなたたち、何か考えているの？」

「いや、別にまだ……」

直樹がためらいがちな視線を妻に送ってくる。

「ええ、まだ……」

女の子でなかったショックから立ち直っておらず、貴江は何も考えられない。とはいえ、子供そのものはたまらなく可愛い。ただ、〈男の子の名前〉に関して頭の中が空白状態なのである。「ナナちゃん」と呼びかけられる男の子の名前も考えてはみたが——七太郎、奈々太郎、菜々太郎、七夫、奈々夫、菜々夫など——、どれも学校でいじめられそうだ。

「じゃあ、いいわね。わたしたちが決めても」

当然の権利のように敏子は言い、「早速、お父さんと相談しないと」と声を弾ませた。「この子、赤ちゃんにしてはしっかりした顔立ちしてるわね。鼻筋や目が切れ長のところが亡くなった直樹のおじいちゃんにそっくり。山崎家のひいおじいちゃんにね。ひいおじいちゃんの名前から一字をいただくのもいいかもしれないわね」と、眠っている〈山崎家の孫〉の顔をしげしげとのぞきこむ。

直樹には、結婚して名古屋に住んでいる姉がいる。姉のところにも女の子が二人いるが、敏子にしてみれば、そちらはあくまでも外孫であり、息子の子供が正真正銘の〈山崎家の孫〉になるらしい。

「あの、名前はわたしたちが……。ねえ、直樹さん」

山崎家の死んだひいおじいちゃんというのは、確か袈裟太郎《けさたろう》という名前だ。そんな古めかしい名前をわが子につけられてはたまらない。

「ああ、そうだよ、母さん。そんなに急がなくてもいい。まだ時間に余裕はある」

「そう。じゃあ、あなたたちもいくつか考えるといいわ。もちろん、お母さんたちも一生懸命考えるわ。この子の将来がかかっているんですからね。その中から、いちばんいい名前を選べばいいでしょう？」

＊

一週間後、貴江が赤ん坊を抱いて赤羽《あかばね》の自宅に戻ったときも、わが子に最適だと思われる名前はまだ決まっていなかった。産院にいるあいだは赤ん坊の世話に追われ、ゆっくりと名前を考える暇などなかったのだ。もっとも、三時間も間隔をあけずに二時間で起きてしまう赤ん坊のせいで睡眠不足になり、貴江の身体《からだ》はフラフラしていた。思考能力そのものが低下していたのかもしれない。

「おふくろも親父《おやじ》もじっくり名前を考えているみたいで、君が退院して来たらまた連絡すると言ってたけど」

子供が生まれたから、と残業を断って早めに帰宅した直樹がベビーベッドの横で言った。レンタルしたベビーベッドはリビングルームの隣の和室に置いてあるが、2LDKの空間は一気に狭くなったように感じられる。

「ねえ、何かいい名前を思いついた？　早くしないと、お義母《かあ》さんたちに決められちゃうんじゃないかしら。最初の子供ですもの、わたしたち親が名前を決めてあげたいわ」

「まあね。だけど、最初の子供だから……と、あっちは思っているみたいだけど」

「山崎家の跡取りだから？　そんな考え方、いまどき古いわよ」

「うん、まあね。でも、俺もいい名前ってのが閃《ひらめ》かなくてさ」

直樹は肩をすくめた。「名前を考えようとすると、ナナミってのが思い浮かんじゃってね。ずっと女の子だと思い込んでいただろ？　だから、なかなか頭が切り替えられなくてさ」

「あら、直樹さん、そんなにナナミって名前が気に入ってたの？　最初は、あんまり気乗りしないみたいだったけど」

「ずっと呼んでいるうちに情が移るってこともあるだろ？　『ナナミ』って呼ぶたびに、つくづくいい名前だなあ、って思ってたんだよ」

ベッドの中のわが子を、直樹は目を細めて見つめる。その横顔を見て、貴江は胸が熱くなった。直樹は、すっかり頼りがいのある父親の顔をしていた。

「パパの名前から一字とるってのはどう？」

そこで、貴江は言ってみた。パパ、とすんなり呼べた自分に驚きながら。

「俺の名前から？」

直樹は、面食らった顔を貴江に向けた。

「そう、ナナミがだめなら、せめてナで始まる名前にしたらどうかしら。ナオトとかね。パパが直樹で息子が直人。それだったら、国立のおじいちゃん、おばあちゃんも文句は言わないんじゃないかしら」

生まれた子供を中心に、義父母を「おじいちゃん」「おばあちゃん」とためらわずに呼んだ自分にも貴江は驚き、同時に感動を覚えていた。子供が生まれると家族の絆《きずな》が深まるんだわ、と実感した。

山崎直人。いい名前だ、としみじみと思う。

「何だか照れちゃうな」

頭をかきながら直樹は言う。「それに、責任重大だって感じがする」

「いいじゃない。父親の名前の一字をもらったとわかれば、成長するにつれ、父親には恥ずかしい思いをさせられない、って自覚が息子に生まれるかもしれないわよ」

「絶対にぐれたりしない、か。それもいいかもな」

まんざらでもなさそうに直樹はうなずき、苦笑した。

ベッドの中で聞き慣れた泣き声が上がった。

「あっ、ナオちゃんが泣いてる。オムツかな、おっぱいかな」

貴江は、無意識のうちにわが子を「ナオちゃん」と、愛称で呼んでいた。

4

「直人ですって？　だめよ、そんな名前は」

ところが、敏子は息子夫婦が考え出した名前を却下した。隣近所や親戚からもらった出産祝いを息子の家へ届けに来たときのことだ。出生届の提出期限が三日後に迫っていた。

「あのね、大事な子供の名前を思いつきで決めてはいけないのよ」

敏子は真剣な表情で言い、「ねえ、これを見て」と、手提げ袋から黒い筒を取り出した。筒の中から紙を引き出し、丸めてあった紙を貴江の前で広げて見せる。

和紙には、「命名・孝一」と、達筆な筆字で書かれていた。

「説明するまでもないと思うけど、コウイチと読ませるのよ。親孝行の孝に、数字の一。ひいおじいちゃんの名前からはいただかなかったけど、山崎家のご先祖に孝のつく人はいたらしいの。最近は少子化で、長男に数字の一をつける人が減っているっていうから、かえって新鮮だと思わない？」

墨で書かれた文字をそれぞれ指さしながら説明し、敏子は貴江に同意を求めた。

貴江は、声を失っていた。

――コウイチ……。

男の子の名前でそれだけは絶対に避けよう。まさにそう思っていた名前だったのだ。

「どうしたの？　貴江さん。疲れてるの？　顔色が悪いわよ」

敏子に言われて、貴江はわれに返った。

「すみません。夜、あの子にたびたび起こされるもので」

「仕方ないわよ。赤ちゃんは夜泣きするのが仕事なんだし。そのうち、赤ちゃんのリズムに身体のほうが慣れるわ」

敏子は、紙を持ってベビーベッドの傍らへ行き、まだ字も読めない孫の顔に名前の書かれた紙をかざした。

「ほら、孝一。いい名前でしょう？　ここに貼っておくからね」

「お義母さん、待ってください。直樹さんにも聞いてみないと……」

死んだ山崎家のひいおじいちゃんの名前、袈裟太郎よりはずっとましな名前だとは思うが、夫婦のあいだでは「直人」に決定している。ここは、どうしても自分たちの意見を通さなくてはならない。

わが子を「孝一」と呼ぶ姿を想像しただけで、貴江は胸が締めつけられた。

「大丈夫よ。直樹だって『いい名前だね』って言うはずよ」

「でも、いちおう、直樹さんもこの子の父親ですし……」

命名の権利はある、という意味の柔らかい表現を探していると、

「おかしいわね。小学校五年生までおねしょをしていたあの子が父親だなんて……。笑っちゃうわ。もうそんなに大きくなったのね」

敏子の話は、感傷的な方向へとずれていく。「本当にそうよ、貴江さん。子供なんてあっというまに成長しちゃうんだから。いまは少しくらいつらくても、きっとあとでいい思い出に変わるわ」

「えっ？　ええ、そう思います」

子育てのしんどさは我慢できるが、我慢できないことも世の中にはある。「でも、わたしたちが考えた名前には、それなりに深い意味があるんです。直人って名前には、素直ないい子に育つようにとの願いがこめられていますし、父親と息子で同じ

漢字を共有することで、親子の絆を深めるのにも役立つのではないかと……」

「あら、男の子に素直さなんて求めなくてもいいのよ。直樹の直は、素直の直じゃなくて正直の直のつもりでつけたのよ。それに、孝一って名前にも深い意味があるのよ。国立では有名な易者の方に相談したんだから。うちのお父さんの知り合いの紹介でね、二万円も払ったのよ。健康で丈夫な子供に育つ、って太鼓判を押された名前よ。だから、大事にしてあげてね。ねえ、孝一。コーちゃん」

愛称まで勝手に決めて、敏子は〈山崎家の孫〉に笑いかけた。そして、貴江に顔を振り向けると、「なるべく早く出生届を出しなさいよ。名前がない状態にさせておくなんて、この子が可哀そうじゃないの」とたしなめるような口調で言った。

5

「うーん、それは困ったな」

その夜、会社から帰宅した直樹は、敏子がベビーベッドの柵にセロハンテープで貼った命名の紙を見てため息をついた。

「おふくろ、頑固なところがあるからな。親父の知り合いの易者に相談したとなると……」

「わたしは絶対に反対よ」

母親に押し切られそうな雰囲気を察して、貴江はぴしゃりと言った。「わたしたちはこの子の親なのよ。どうして、子供の名前を親が決められないの？　直人って名前のどこがいけないの？」

「いけないってことはないと思うよ。おふくろにしてみれば、直人より孝一って名前のほうがいいだけで」

「じゃあ、あなたは孝一でいいわけ？」

「うーん」

直樹はしばらく眉を寄せていたが、「我慢できないほど嫌だというわけじゃないけど。孝一も悪くない名前だとは思う」と本音をのぞかせた。

「わたしよりお義母さんを選ぶのね？」

「おいおい、そんな大げさな……」

「だけど、そういうことになるのよ。わたし、死んでも嫌だからね」

「でも、どうして、そんなに孝一って名前が嫌なのか？」

「どうしてって……」

理由はある。生理的に嫌いな名前だ、という以外の大きな理由が。だが、夫には言えない。

「ナナミって名前にするときだって、わたしはあなたの意見を取り入れてあげたじゃないの。ゾロ目は苦手だっていうから、ナナミにしたのよ。本当は、わたしはナナでもよかったんだけど。だから、あなただって、わたしの意見を尊重してくれてもいいじゃない」

「わかってるよ。だけど、その……家のこともあるしさ」

直樹は口ごもった。

家のことと言われると、貴江も言い返す言葉を失《な》くす。

——将来、国立の実家を二世帯住宅に建て直す。

それが、結婚したときに直樹の両親と交わした約束だった。直樹は長男としての自覚もあり、責任感の強い性格に貴江が惹《ひ》かれたのも事実である。貴江の実家は札幌で、里帰り出産をするには遠すぎる。もっとも、貴江の母親は結婚前にすでに他界している。里帰り出産をするにしても、世話をする女手はない。弟が結婚して実家で父親と同居しているが、弟の妻も妊娠中で、義姉の面倒を見るどころではないのだ。それ以前に、貴江には郷里に足を向けたくない理由があった。

今後、あらゆる場面で義父母の援助を受けることになるのは目に見えている。

――子供がある程度大きくなったら、この賃貸マンションを脱出して一戸建てに住みたい。

そういう希望も、夫婦ともに抱いていた。将来、義父母と同居するためにも、多少の点数稼ぎをしておく必要はある。

「でも、だからこそじゃない？」

深呼吸をして、貴江は言った。「山崎家に入ったら、何でもかんでも自分の意見が通るとは思ってないわ。自分を殺さないとならない部分もあるのは、ちゃんと心得ている。だから、いまだけでも、わたしたちの我を通させてもらってもいいじゃないの。少なくとも、最初の子供の名前くらいはわたしたちで決めたいわ」

「そうだなあ」

「いますぐお義母さんに電話して。『明日、出生届を出します。子供の名前は直人にしますから』ってね。ぐずぐずしてないで、早く出しちゃえばいいのよ。そしたら、お義母さんも諦めてくれるわ」

「ああ、うん。そうかもな。事後承諾ってことで」

直樹は電話のほうを見たが、気が進まない様子で動こうとはしない。

業《ごう》を煮やして貴江が電話に向かおうとしたとき、タイミングを合わせたかのように〈名無しのわが子〉が泣いた。

受話器のかわりに赤ん坊を抱き上げ、声をかけてあやす。

「明日の朝、電話するよ。いまはうるさいからさ」

直樹は、赤ん坊の機嫌を取るために両手で自分の顔を隠し、「いないいないバア」をした。

6

——この子に孝一という名前をつけるわけにはいかない。

授乳を終えて腕の中で気持ちよさそうに眠るわが子を見て、貴江は強く思った。

孝一——コウイチ——浩市。

漢字は違うが、読み方は同じだ。声に出すと、発音は「コウイチ」になる。

——自分の息子とかつての恋人の名前が同じ音。

自分の息子を「孝一」と呼ぶたびに、別れた恋人の顔がまぶたの裏に浮かぶ。二人で刻んだ歴史が思い出される。夫より厚い唇の感触が、夫よりひんやりした肌の感触がよみがえる……。

そんな状況に耐えられるほど、貴江は神経が図太くなかった。

田村浩市《たむらこういち》と知り合ったのは、地元の高校を卒業した貴江が運送会社に就職して二年目だった。大手製薬会社の札幌支社に勤務していた十歳年上の浩市と、友人の紹介でつき合うようになった。浩市は、大阪の本社から三年間の予定で札幌に来ていた。二人は、すぐに結婚を意識するようになった。貴江には、結婚後、郷里を離れる覚悟はできていた。ところが、本社に戻る日が近づいたある日、浩市は貴江にこう切り出した。

「会社を辞めて、本当にやりたかったことをやろうと思うんだ」

「何なの？」

貴江が聞くと、想像もしなかった答えが返ってきた。

「小さいころから絵描きになりたかったんだ。絵の勉強をしにパリに行く。君には苦労をかけることになると思うけど、できればついて来てほしい」

どんな言葉を返したのか、貴江はよく憶《おぼ》えていない。だが、浩市を傷つけるような言葉を思わず口にしてしまったのは確かだった。その後、ほどなく二人は別れたのだから。

自分は幼かったのだ、と貴江は当時を振り返って思う。

――わたしのことが本当に好きなら、わたしを不安がらせるようなことは決して言わないはずだ。

本気でそう思っていた。貴江はただ、平凡な家庭の幸せを約束してくれる男がほしかったのだ。

しかし、別れてから気づいた。わたしは心の底から浩市さんが好きだったのだ、と。彼を忘れるために、たまたま親戚筋から持ち込まれた見合いの話に乗った。見合いの相手が直樹だった。直樹と結婚すれば東京に住める。浩市との思い出が詰まった郷里から脱出できる。そんな理由で結婚を決めた貴江だったが、実際に生活を始めると、思いのほか直樹との相性はよかった。

繊細な面を持っていた浩市とは違って、直樹は扱いやすい男だった。どう言えば怒り、どう言えば喜ぶかが手に取るようにわかる。会社を辞めることなど考えもしないし、子供は二人、将来は親と同居、と人生設計の描き方も堅実で平凡だ。

――わたしにはやっぱり、平凡の二文字が似合っていたのね。

貴江は、自分の鑑識眼に満足していた。

そこに持ち上がったのが、はじめての子供の命名問題である。ひとたび命名すれば、その名前が一生ついて回る。小学校に入学すれば、先生や友達に「孝一君」と呼ばれる。社会人になってからも、フルネームで呼ばれる機会は多い。人間は、生涯で何回、自分の名前を呼ばれるのだろうか。一万回？　十万回？　百万回？

敏子が言ったように、名前は大事だと貴江も思う。だからこそ、こだわりたい。妥協したくはない。

浩市との過去を捨てた以上、「コウイチ」という名前にも永遠に別れを告げなければならないのだ。

7

翌朝、直樹は国立の実家に電話をした。

「ああ、俺だけど。今日、出生届を出そうと思うんだ。名前は……直人にするから。じゃあ」

――用件だけ一方的に伝えればいいのよ。

貴江の指示どおりに電話をし終えた直樹の額には、汗が浮かんでいた。

「午前中は予定があって会社を抜けられない。午後、俺が区役所に提出するよ。赤ん坊と一緒じゃ、君も大変だろうからね」

　そう言って出勤した直樹からうわずった声で電話があったのは、昼過ぎだった。貴江は、授乳後、赤ん坊の背中を軽く叩《たた》いてゲップをさせていた。

「おふくろが倒れて病院に運ばれたんだ。さっき、親父から電話があった。名古屋から姉貴も駆けつけて来るらしい」

「お義母さん、どこが悪いの？」

「くわしいことはまだわからないが、血圧が急に上がったみたいだ」

　直樹が電話を切った直後に、直樹の姉の玲香《れいか》から電話がかかってきた。

「直樹から電話があったでしょう？」

「ええ、たったいま」

「あなたたち、お母さんにひどいことをしてくれたわね」

「えっ？」

「子供の名前、勝手に変えたんですって？」

「変えただなんて……」

　変えたも何も、まだ届けてもいないのだ。

「孝一でいいじゃないの。わたしもいい名前だと思うわ。お母さん、直樹が出生届を出すと聞いて、震え出したそうよ。『不吉なことが起きる予感がする』ってね。せっかく占い師に縁起のいい名前をもらったのに、山崎の家に許可なく変えちゃうなんてひどいじゃないの」

ひどいのはそっちです、という言葉を貴江は呑《の》み込んだ。結婚当初からこの義姉は苦手な相手だった。そもそも「玲香」なんていうしゃれた名前を持っているのが気に食わない。

「とにかく、直樹には出生届を出すのは待つように言っておいたから。いいわね？」

＊

母親を病院に見舞った直樹が帰宅したのは、夜遅くなってからだった。もともと敏子は少し血圧が高かったが、興奮したせいで動悸《どうき》が激しくなり、玄関先で胸を押さえて座り込んでしまったのだという。二、三日のうちには退院できるだろう、と直樹は言った。

テーブルに置かれた出さずじまいの出生届を、夫婦は黙って見つめていた。今夜は、〈名無しの赤ちゃん〉もぐっすり眠ってくれている。

「それで、名前はどうするつもり？」

赤ん坊の泣き声がないと、家の中はゾッとするほど静かだ。静寂の中で貴江は聞いた。

「おふくろが入院しているあいだは出せないだろう」

「提出期限が過ぎちゃうわ」

出産後、十四日以内に役所に出生届を提出すること、と法律で決められていたのではなかったか。

「出生届は期限までに出すよ」

「お母さんが決めた名前にするのね？」

――子供の名前が「孝一」になったらどうしよう。

夫との絆がこれで絶たれてしまうのか……。貴江の心臓は波打った。

「いや、名前は書かない」

「えっ？　それ、どういう意味？」

「期限までに名前が決まらない場合は、子供の名前の欄に『未定』と書いて出せばいい。名前が決まり次第、区役所には追完《ついかん》届というのを提出すればいいんだそうだ」

「追完届？」

はじめて聞く言葉だ。

「十四日以内に名前が決まらないケースは、よくあるというよ。親や親戚の希望、夫婦の意見の違いなんかでね。名前は一生の問題だから、お役所も寛大な心で待ってくれるんだろう」

「調べてくれたのね」

——この人は、わたしのことを第一に考えてくれていたんだわ。

やっぱり、わたしの選択は間違っていなかったのだ、と貴江は思った。

「もう少し考える時間がほしいからね。君もそのほうがいいだろ？」

「ええ」

「時間がたてばおふくろの気持ちも落ち着く。冷静に俺たちの話を聞いてくれるだろう。とにかく、出生届は期限までに出すよ」

8

——子供の名前を書かずに、まずは出生届を提出する。後日、追完届に子供の名前を記入して、同じ役所に提出する。時間稼ぎのために……。

そういう直樹の判断が間違っていたのかもしれない。

翌日、封筒に入れてキッチンカウンターの隅に置いてあったはずの出生届がなくなっているのに貴江が気づいたのは、玲香が帰ったあとだった。

名古屋から新幹線で母親の見舞いに上京した玲香は、赤羽の弟の家にも顔を出した。「甥《おい》の顔を見に寄っただけだから、別に直樹に会わなくてもいいの」と言って、昼間に訪れたのだ。

――名前のことで何か小言をぶつけられそう。

何を言われても聞き流してしまおう。そう決めて、貴江は義姉を家に招き入れた。ところが、玲香は、出産祝い金と手みやげのういろうを貴江に渡すと、すぐにベビーベッドへ行き、赤ん坊をあやし始めた。

「お茶がはいったので」

リビングルームに呼ぶと、ようやく玲香はベビーベッドを離れた。

「出生届はどうしたの?」

玲香に聞かれて、貴江は、直樹が調べた追完届のことを説明した。

「そう、じゃあ、まだ時間はあるのね」

玲香は、子供の名前については何も言わなかった。

「もう一度お母さんの様子を見て、それから名古屋に帰るわ」

そう告げて、義姉は家を出て行ったのだった……。

＊

「本当にないのか？　ちゃんと探したのか？」

その夜、帰宅した直樹に出生届を入れた封筒が見当たらないことを話すと、直樹も一緒になって部屋の中を探してくれた。

――お義姉さんが帰ったあと、なくなっているのに気づいたの。

とは、さすがに夫には言えなかった。

だが、どんなに探しても見つからない。

「いいよ、また書けばいいんだから。医者に頼んでもう一度出生証明書を書いてもらうよ」

9

「信じられないわ」

怒りが喉元を突き上げて、息苦しくなる。握った拳に力が入る。

貴江は何度も受話器に手を伸ばして、そのたびに直樹に止められた。

「まだ、おふくろの体調が万全じゃないんだ。いまは騒ぎ立てないほうがいい」

「でも、あんなことをされたんじゃ……」

「おふくろが入れ知恵したんじゃない。あれは、たぶん、姉貴が勝手にやったことだろう。だけど、姉貴に電話をすれば、必ずおふくろの耳に入る。また血圧が上がったりしたら大変だよ」

「でも、このままじゃ、わたし、気がすまないわ」

隣室でわが子が泣き声を上げているが、貴江はそばに行って抱き上げる気力も失っていた。

——あの子の名前は「孝一」なのだ。

そう思うと、子供と自分とのあいだに厚い壁ができたように感じられる。

新たに書いた出生届を期限ぎりぎりに区役所に提出した直樹は、すでにわが子の出生届が出されている事実を知ったのだった。

子供の名前の欄には、「孝一」と記入されていた。

それを知ったとき、貴江は、すぐに義姉のしわざだとわかった。

「出生届はどうしたの？」

玲香に聞かれて答えた際、貴江は何げなくキッチンカウンターに目をやったのだ。玲香は、視線の先に出生届の用紙があるのに気づいたのだろう。貴江が席を離れたすきに、素早くつかんでバッグにしまったに違いない。

「でも、どうして区役所が受理したの？　出生届は、子供の父親か母親が出すことになっているんでしょう？」

「例外もある。親が届け出できないときは、同居している者か、あるいは医師か助産師と決められているんだ。だけど、窓口は機械じゃなくて人間だからね。応対する人の考え方の違いで、すんなり受け入れられたり、拒否されたりといろいろみたいだよ。姉貴がうまく同居人を装ったんじゃないかな。父親である弟に頼まれた、これは弟の意思だ、と言い張ってね。大学の先輩で、実際は四月に生まれたのに三月生まれと届け出て、一学年早くなったやつがいる。そいつ、田舎の出身なんだけど、おじいさんが村長で役場の人間と懇意だったらしい」

「ひどいわ」

貴江が怒りをぶつけた相手は、見知らぬ役場の人間ではなく、義姉の玲香に対してだった。

「孝一……じゃ、どうしてもだめなのか?」

直樹が低い声で問う。

「だめよ」

嫌よ、と貴江は激しくかぶりを振り、キッと顔を上げた。

「もし、孝一のままだったら、わたし……あなたと離婚するわ」

本気だった。

あっけにとられたような表情で、しばらく直樹は妻を見つめていた。が、やがて、吐息を漏らして言った。

「わかった。何とかするよ」

＊

——子供の命名は、父母の共同親権事項。しかし、戸籍法では出生届の提出義務者を「父または母」と決めている以上、一方の意思に反する命名も当然起こり得る。届け出は、父の代理として父の姉がしたが、この行為は父母の意思に反したものと思われる。いまのままでは家庭の円満や平和が脅かされるのは明らかである。子供も幼いため、改名は認められる。

直樹と貴江は、家庭裁判所に改名の審判の申し立てを即座に行なった。

二週間後、家裁に呼び出された二人は、「孝一」から「直人」への改名許可書をもらった。

「直人」という名前になったわが子を、貴江は改めてしっかりと抱き締めた。

娘の犯した〈違法行為〉を恥じたのだろう、改名が認められた旨を電話で事務的に報告すると、「そう、直人もいい名前じゃない」と、敏子はそっけなく応じた。

10

相手の部屋を確認しただけで、チャイムを鳴らさずに白い外壁の建物を出た。

音羽《おとわ》にあるワンルームマンションだ。そこの一室に、重森奈々《しげもりなな》は住んでいる。

重森奈々は、直樹の愛人だった。

何か月もかけて、貴江は、夫が妻に隠れてつき合っている女の名前や勤務先や住所を突き止めた。探偵に調査を依頼したわけではない。一歳になった直人を公園でできた同じ年頃の子供を持つ友人に預けては、一人で調べ上げたのだった。

直樹の様子が変だと気づいたのは、半年前のことだ。夜中、直人がまとまった睡眠を取るようになり、貴江もずいぶん楽になった。そのせいで、夫の身のまわりに注意が向くようになったのかもしれなかった。夫の入浴中、リビングルームに置き忘れた彼の携帯電話をチェックしていて、親密な関係にある女の存在を知った。

直樹を問い詰める前に、どんな女か確認しよう、と貴江は思った。

女の名前を知って、貴江は愕然《がくぜん》とした。

奈々——ナナ。

それは、妊娠中、貴江がお腹をさすりながら呼びかけていた愛称だった。

なぜ、直樹がゾロ目の名前は苦手だと言ったのか、その真の理由を貴江は理解した。

——わが子と愛人の呼び名が一緒ではどうにも具合が悪い。

それが、本当の理由だったのだ。しかし、妻は「ナナ」という音を持つ名前にこだわり続ける。そこで、直樹は仕方なく、「ナナ」を容認するかわりに一文字つけ加えることを要求し、「ナナミ」という名前を提案した。しかも漢字で書いた場合に、「奈々」からなるべくかけ離れた名前を提案したのである。「七」という漢字は数字を表し、「奈々」という漢字が持つイメージからは遠ざかる。娘の名前を呼ぶときも、「ナナ」ではなく「ナナミ」と呼べばいい。

奈々と七海。最初の二文字の音は同じだが、漢字で書くとまるで印象が違う。

――夫は、二つを引き離すことで罪悪感を軽くしようと意図したのだろう。

貴江は、そう推理した。「直人」という名前に固執する妻の意見を尊重したのも、浮気をしているという後ろめたさからきていたと考えればうなずける。

二人の関係は、貴江の妊娠が判明したころから続いていたようだ。

――わたしは過去を振り切ろうと必死だったのに、彼のほうは現在進行形で女との関係が続いていたなんて……。

幸せな家庭を築いていると思い込んでいた自分を、貴江は内心であざ笑った。

直人を預けた友人の家へ向かいながら、貴江は、一週間前に偶然、見かけた雑誌を思い出した。そこには、パリで修業したグラフィックデザイナーとして、田村浩市が写真入りで紹介されていた。

父親の名前から一字を譲り受けて「直人」と命名された子供は、すくすくと成長した。一人で歩けるようにもなった。

その直人を友人宅から引き取り、手をつないで家へと向かう。

「コウイチ……」

違う名前で直人を呼んでみる。

直人が母親の顔をキョトンと見上げる。

――コウイチ……浩市さん。

今度は、心の中で呼んだ。かつての恋人の名前を。その瞬間、貴江の気持ちは容易に過去に引き戻されてしまった。

自分がもっとも恐れていたもの。それが何だったのかを、いま貴江は知った。

貴江は、封印が解かれた名前から何かが始まる予感を覚えていた。

時を止めた女

郵便屋さん　落としもの
はがきが十枚落ちました
拾ってあげましょ
一枚　二枚　三枚　四枚　五枚
六枚　七枚　八枚　九枚　十枚
ありがとさん

郵便屋さん

縄とび唄。長縄をとびながら「一枚、二枚……」の歌詞に合わせて地面に手をついてジャンケンをしたり、十人まで一緒にとんだりする。「郵便屋さん」の部分が「お嬢さん」「みよ子ちゃん」などと唄う地方も。一説には島根県地方が発祥とされる。

1

——二十年後のわたしへ——


二十年後、わたしは三十二才になっています。

（なっているでしょう？）

いま、お母さんが三十六才だから、いまのお母さんと四つしか違わない年になっています。

そのころお父さんは六十一才で、お母さんは五十六才になっています。三年前、生まれたばかりの子犬のときにもらったチロは、二十三才になっていますね。

二十年後は、一九九九年で、とても大変な年だということです。

お父さんが、ノストラダムスの大予言、の話をしてくれました。

一九九九年の七月に、空から何かが降ってきて、地球がほろびるのだそうです。

本当かな。本当だったらこわいな。

（ほろびていますか？）

でも、まだずっと先のことだから、一生けんめい考えてもしようがないと思います。

たとえ地球がほろびるとしても、それまでには中学に行ったり、高校に行ったり、いろいろなことをいっぱいしなくてはいけないから。大学にも行けるかな？？？

そのころの自分がどうなっているかなんて、全然、想像できません。

結婚しているのかな。それとも、まだ結婚していないかな。

（結婚していますか？）

子供はいるかな。

（子供はいますか？）

自分のことは全然想像できないけど、二十年後にこうなっていればいいな、と思うことが一つあります。

それは、良江《よしえ》ちゃんを殺した犯人がつかまっていればいい、ということです。

あの事件から四年たちます。でも、まだ犯人はつかまっていません。良江ちゃんの家族はK町からひっこして行きました。

もし二十年たって、まだ犯人がつかまっていなければ、警察のかわりにわたしがつかまえます。

良江ちゃんはわたしの大好きなお友達でした。大切なお友達でした。良江ちゃんを殺したにくい犯人を、わたしは絶対にゆるしません。つかまえて、こらしめてやります。

でも、本当は、犯人がつかまっているのがいちばんいいと思います。

(二十年後のわたし、犯人、つかまっていますか?)

一九七九年十月　六年二組　中井喜美代《なかいきみよ》

2

スーパーで買い物をした帰りに寄ったクリーニング店で、思ったより時間を取られてしまった。仕上がっているはずの夫のワイシャツ三枚とネクタイ二本が、店内で行方不明になっていたのだ。預かるときに店員が番号をつけ間違えたらしい。

三枝《さえぐさ》喜美代は、運転席のデジタル時計を見ながら、自宅へ急いだ。そろそろ娘の美絵《みえ》が学校から帰って来る時間だ。美絵が帰宅したときには家にいなければならない。美絵には鍵《かぎ》を持たせていない。

車庫に車を納め終えたとき、黄色い安全帽をかぶった頭が、門柱の陰からひょっこり現れた。

「ただいま」

「ああ、間に合った」

喜美代は、ホッとして思わずつぶやいた。「お帰んなさい」

「ねえ、ママ」

運転席から降りるのを待ちきれないように、美絵が母親の手を引いた。

「今日、国語でね、美絵の絵って漢字、習ったんだよ」

「そう。よかったわね」

「でも、まだ美絵の美は習ってない。曜子《ようこ》ちゃんは、もうどっちも習ったんだよ。雪絵《ゆきえ》ちゃんも今日、絵を習って、全部出てきちゃったし。あたし、つまんないな」

美しいという漢字を、まだ教わっていないということらしい。

「ねえ、ママ、いつ習うの、美って漢字」

「いつかな。二年では習わないかもしれないけど、三年くらいかな」

「早く教えてくれればいいのに」

美絵は、桜色のふっくらした唇を不満そうに尖《とが》らせた。こんな表情がたまらなく可愛い、と喜美代は思う。

「ママの喜美代の美も、美絵の美と同じ字なんだよ。だから、ママも一緒。喜美代の喜だって代だって、まだまだ教科書に出てこないでしょう?」

母親の言葉がわずかに慰《なぐさ》めになったようで、美絵はこくりとうなずいた。

家に入り、美絵に手を洗わせる。喜美代は、おやつの用意をした。

「曜子ちゃんとめぐみちゃんが、宿題やってから遊ぼうって」

美絵が台所に入って来た。

「そう、じゃあ、あなたも宿題やっちゃいなさい」

おやつのプリンを食べ終え、美絵はダイニングのテーブルで漢字の書き取りの宿題を始めた。喜美代は、作り置きした麦茶を冷蔵庫に入れ、カウンター越しに美絵の姿をちらちらと眺めた。

小学校二年生になる一人娘の美絵は、来年の三月で八歳になる。いまはまだ七歳だ。国語のノートのます目を覚えたての漢字でびっしり埋めている美絵を見ていると、喜美代は昔の自分を見ているような気になってくる。五月生まれなのに背が小さかった喜美代は、身体つきもちょうどいまの美絵くらいだった。

だが、昔の自分とは明らかに忙しさが違う。二十数年前の自分は、こんなに早い速度で漢字を習っただろうか。学校から帰ったらランドセルを置くなり、外へ飛び出して行ったのではなかったか。

塾だ何だと時間に追われる子供たちにゆとりを与えるために、政府が土曜日を月に二回休みにしたはずなのに、現実には前以上に子供たちは忙しくなっている感じがする。平日の授業数が増えたせいだろうか。それとも、世の中の時間の流れが昔より実際に早くなったのだろうか。

美絵もピアノを習っているが、一つでは少ないくらいだ。まわりの子供たちは、平均して二つは習い事をしている。スイミングスクール、書道、学習塾、と一週間のスケジュールがぎっしり詰まっている子供もいる。小学生といえども、電話で相手の予定を聞いてから遊ぶ約束をするのが、いまや常識となっている。

喜美代たち一家は、美絵が小学校に入学する前の年に、埼玉県の『美里《みさと》ニュータウン』へ越して来た。池袋まで電車で四十分という便利な場所にある新興住宅街で、そこかしこに残る自然と庭つき一戸建てを求めて、東京から脱出して来る者も多い。

喜美代は、ここに引っ越して来てよかった、とつくづく思う。ぜんそくぎみだった美絵の体調はよくなったし、夫も以前より通勤時間が長くなったというのに、努めて早く帰ろうとするようになった。それだけ家が好きなのだ。休みの日には、率《そっ》先《せん》して庭の草取りや芝刈りをしてくれる。喜美代は、台所の横に設けられた家事用のコーナーにミシンを置いて、美絵の服を手作りするのが楽しみになった。ときには、ダイニングテーブルで翻訳の仕事をする。出版社に勤めていたときの知人が、ときどき仕事を回してくれるのだ。

――季節の花が楽しめる、ゴルフの素振《すぶ》りができる庭。各人の個室を備えた白い外壁の家。茶色い瞳《ひとみ》と透《す》きとおるように白い肌を持つ溌剌《はつらつ》とした娘。そして、包容力のあるやさしい夫。

絵に描いたような幸せ、とはこのことを言うのだろうか。喜美代はそう思い、自分が享受《きょうじゅ》している幸せにめまいを覚える瞬間さえある。

夫の和昭《かずあき》は、喜美代とはひと回り年が離れている。結婚したのは、喜美代が二十八で和昭が四十のときだ。美絵はまだ三つだった。

そう……美絵は、喜美代の連れ子だったのである。編集者時代、喜美代はある画家と恋愛関係に陥《おちい》った。喜美代は結婚するつもりだったが、相手は何ものにも束縛《そくばく》されない生活を信条としていた。彼の創作のエネルギーがそこから出発しているのを知っていたので、喜美代は自分からは何も要求しなかった。ある日、妊娠に気づいた。告げようかどうか迷っていた時期に、彼は取材旅行と称して南仏へ旅立った。

そして、そこで交通事故に遭《あ》って死んでしまったのである。

生まれた女の子に、喜美代は彼がスケッチブックに書き残していた名前をつけた。そこには、「ミエ」とあった……。

子供を抱えての生活は苦しかった。頼れる親兄弟もいない。保育園に預けたものの、熱を出しては呼び出されたりで、会社に疎《うと》んじられた。正社員ではいられなくなり、フリーのライターに身を転じた。子供を夜間の保育園に預けて、がむしゃらに仕事をした。息抜きは、たまの休みに美絵と二人、遠くの公園まで足を延ばすことだった。

そこで知り合ったのが、和昭だった。彼は、公園の近くのマンションで一人暮らしをしていた。美絵が落とした帽子を通りかかった和昭が拾い上げて、そこに書かれていた名前を呼んだのだった……。

礼を言って帽子を受け取った喜美代に和昭は言った。

「毎週、こちらにいらしていますね。よくお見かけしますよ。近くにお住まいですか？」

「いいえ。この公園、本当は家からかなり遠いんです。家の近くだとちょっと……」

母子家庭の美絵に、遊ぶ友達がいないことで寂しい思いをさせたくなかったし、喜美代自身、周囲に好奇な目で見られるのが嫌だったのだ。

話の流れで、母子家庭であることを和昭に打ち明けた。それから、何度か公園で会ううちに、ごく自然に美絵は和昭という大人の男になついていった。気がついたら、「パパ」「パパ」と呼んで、抱っこされるまでになっていた。

――この人にならこの子を託《たく》せそう。

そう思えた段階で、喜美代は和昭のプロポーズを受け入れた。

和昭は、大手製薬会社に勤めていた。年相応のポストにも就《つ》いていた。だからこそ、東京近郊のこぎれいなニュータウンに一戸建てを買うだけの経済力もあったのだ。

「実は僕には生殖能力がなくてね。君とのあいだに子供は望めないかもしれない。君がもしもっと子供がほしいのなら、僕は君の望みを叶えてあげられない。どうか率直に気持ちを聞かせてくれ」

「結婚してほしい」に続いた彼の言葉に喜美代は驚いたが、彼の正直さに惹かれる気持ちが驚きを上回った。そこで、言った。

「一人いれば充分よ」

和昭は、美絵のことを自分の本当の子供のように、いや、それ以上に可愛がってくれる。そして、美絵も和昭を本当の父親のように慕っている。

「ママ、宿題終わったよ」

美絵の弾《はず》む声に、結婚した当時を思い起こしていた喜美代は我に返った。

「遊びに行っていい？」

3

「お嬢さん、お入んなさい」

子供たちの声が風に乗って聞こえた気がして、喜美代はハッとワープロから顔を上げた。ダイニングルームの出窓に目をやる。喜美代の家は、ニュータウン内にいくつかある公園の一つに面している。この家に決めたのも、親の目の届く公園がすぐそばにあることが大きく影響していた。

生け垣の向こうで、子供たちが遊んでいる姿がレースのカーテン越しにうすぼんやりと見える。その紗《しゃ》がかかったような光景に、喜美代はふっと意識が遠のくのを感じた。まるで、瞬間、遠い過去に引き戻されたかのように。

――確か、美絵は友達二人と遊ぶと言っていたはず……。

二人が長縄の端《はし》っこを持って回しているところへ、二人が入る。入った二人は、ジャンケンをする。負けたほうが抜ける。続いて挑戦者が入る。ふたたびジャンケンをして、敗者が去り勝者が残る。いわば縄とびの勝ち抜きゲームだ。

お嬢さん、お入んなさい。

こんにちは。ジャンケンポン。

負けたらサッサとお逃げなさい。

「お逃げなさい」というところで、縄に足を引っかけないようにして素早く抜け出るのだ。小学生のころ喜美代がよくした遊びだった。あのころ、子供たちはどこから涌《わ》いてくるのだろう、と思うほど町中にたくさんいた。低学年、高学年と一緒になって、神社の境内《けいだい》で日が暮れるまで遊んだものだ。

大勢いなければできない遊びを、二十世紀の最後が目前に迫った子供たちは三人でしている。おかしいな、と思って出窓を開け、喜美代は合点がいった。

郵便屋さん、落としもの。
はがきが十枚落ちました。
拾ってあげましょ。
一枚、二枚、三枚、四枚、五枚、
六枚、七枚、八枚、九枚、十枚、
ありがとさん。
「お嬢さん、お入んなさい」と声をかけて、一人が縄に入ったあとは、「郵便屋さん、落としもの」の縄とび歌に変わっている。一枚、二枚、三枚……と数を数えるごとに、地面に手をついてはがきを拾うまねをし、十枚数え終えたら——回る縄を十回とび終えたら——無事終了、そういう遊びだ。縄を回す係、とぶ係、と交替しながら遊んでいる。

子供たちは、人数が少なければ少ないなりに、自分たちで工夫して楽しむものなのだ。喜美代は感心した。縄とび歌の歌詞も、時代が進むにつれて変化していく。自分たちが歌っていた歌詞はどんなだったろう。喜美代は思い出そうとしたが、歌詞の細部は記憶の彼方《かなた》に追いやられてしまっている。

美絵は最近、縄とびに夢中になっている。その縄も、文字どおりの縄ではない。握る部分がプラスチックで縄の部分がビニールのものが多い。

喜美代が小学生時代を過ごした信州のK町で使っていたのは、正真正銘のあざなった縄だった。

4

新幹線で佐久平《さくだいら》へ向かう途中、喜美代の耳の奥では、あの縄とび歌がずっと流れていた。

——良江ちゃん。

心の中で、昔の友達を呼ぶ。この世にいない幼友達《おさな》。

良江は、喜美代の遊び友達だった。小学校一年、二年と同じクラスだった。なぜか気が合って、放課後、よく一緒に遊んだものだ。

このごろ、その良江のことがふっと思い出される。夜中に息苦しさで目が覚めたときや、出窓のカーテンが風でふわりと揺れたときなどに。

あの手紙が喜美代のもとに届いてから だ……。

一九七九年十月、K小学校の校庭にタイムカプセルを埋めたみなさん。

あれから二十年がたち、とうとう一九九九年になりました。

お元気ですか？

同窓会を兼ねて、タイムカプセルを掘り起こしたいと思います。

あの中にぼくたちは、「二十年後のぼくへ」とか「二十年後のわたしへ」と題した手紙を入れましたね。

二十年前の自分に再会したら、きっと忘れていた何かを思い出すはずです。

そのあとで、昔の思い出をワイワイガヤガヤ語ろうではありませんか。


「おもしろそうじゃないか。行って来たら？」

和昭はそう勧めたが、喜美代はあまり乗り気ではなかった。昔の自分に出会うのが怖かったのかもしれない。

「でも、わたし、K小学校はいちおう卒業したけど、中学からずっと東京よ。あんまり故郷って感じがしないわ」

「それでも故郷は故郷じゃないか。同窓会なんだから楽しんで来ればいいじゃないか」

「ママもたまにはお出かけしたら？　美絵、パパとお留守番してる」

美絵にも送り出される形で来てしまった。

佐久平の駅で降りて、タクシーでK町へ向かう。

浅間山《あさまやま》は、記憶にあるままの姿で喜美代を迎えてくれた。二十年という歳月の大きさに、喜美代は胸が押し潰《つぶ》されそうになった。なぜ自分はいままで、この地に足を向けようとしなかったのだろう。その理由を探るまいとしてきた。

だが、郷里を避けてきた理由がもうじきわかる。喜美代は、そんな気がした。

喜美代の父親は、喜美代が小学校を卒業すると同時に、東京の会社に転職した。もともとK町に親戚は少なかった。早くに両親をなくした喜美代の父親は、K町にいた遠い親戚のところに引き取られて育ったのだった。喜美代の母とは、東京の大学に通っているときに知り合った。大学卒業後、養父母に恩義を感じた父親は、K町に戻って就職。結婚生活もK町で始めたが、本当は機会があればふたたび上京したかったのだという。父の養父母、つまり喜美代の祖父母は、喜美代が小学校を卒業するまでにあいついで病死した。足かせがはずれた父は、郷里を捨てて家族で東京に転居する決心をしたのだった。住んでいた家も処分してしまった。

したがって、喜美代が行ってもK町には訪ねるべき家がないのだ。

K小学校の校舎は、一部が建て替えられていた。腐《くさ》って切り倒されたのか、太い桜の切り株がいくつか見える。校庭の片隅に、人が集まっている。

「中井さーん」

旧姓で呼んだ声に聞き憶えがあった。同窓会の幹事である、六年のときに級長をしていた宮澤雄二《みやざわゆうじ》だ。

5

地中から現れたUFO型の容器——タイムカプセルを見た途端《とたん》、喜美代はなぜここに来るのが気が進まなかったのか、その理由を悟《さと》った。郷里を遠ざけていた理由も。

手紙を受けとったときに愕然としたのだったが、喜美代は、二十年前に自分が「二十年後のわたし」にあてて書いたという手紙の内容を、一行も憶えていなかったのである。

タイムカプセルが現れた瞬間、わたしが書いたのは「親友だった良江ちゃん」に関することだったのではないか、と直感した。

「良江ちゃん、ずっとずっと友達でいようね」

「うん、喜美代ちゃんも。約束だよ」

どんなに楽しいときを過ごしても、帰る家は別々だ。別れがたくなった少女二人は、そう言い合って指切りをする。振り返っては手を振り、を何度も繰り返して、ようやくそれぞれの家に帰った。

喜美代は、そんなに愛《いと》しく大切に思っていた友達のことを、日常生活に紛《まぎ》れてほとんど忘れていた事実に罪悪感を覚えたのだった。なんて薄情な友達なんだろう。意識的に良江のことを思い出すまいとしてきた自分にも気づいた。自分の周辺で起きた過去の不幸なできごとを心の奥深く封印して、いまの幸せを逃《のが》すまいとしていたのかもしれない。

「はい、中井さんのだよ」

クラスごとに分かれた大きな茶封筒から各々の封書を取り出すのは、幹事の宮澤の役目だった。

喜美代は、手渡された封筒を見た。地中にあったせいか、思ったより紙は黄ばんでも傷んでもいない。表に鉛筆で「二十年後のわたしへ」、裏に「中井喜美代」と、いまよりずっと幼い十二歳の自分の字で書かれている。

封を開けないままに、宮澤が予約しておいたレストランに場所を変えた。「パーティーが始まるまでは、手紙を読まないようにしようよ」と、宮澤が提案したのだ。

「みんな、集まってくれてありがとう」

最初に宮澤が挨拶《あいさつ》した。彼は、K町で家業の酒屋を継《つ》いでいるという。

「本当は、六年のときに担任だった小坂《こさか》先生がいらっしゃる予定だったんだけど、胃の手術をなさったばかりで入院しておられます。そこで、ぼくが記念すべきタイムカプセルを開けるという大役を仰《おお》せつかったわけです。どうでしょう、ここで一人一人、二十年前に自分が書いた手紙を読みあげてみませんか？　自分で読むのが恥ずかしいと言うのなら、交換して読み合ってもいい」

「嫌だ」という声に混じって、ワアとかキャアとか、悲鳴に近い声が上がった。

「音楽に合わせて回して、ストップした時点で自分が持っているのを読むってのはどう？」

一人が手を挙げて発言した。

「それ、おもしろそう」

「名前を伏せて読んで、誰が書いたかあてたらいいんじゃない？」

たちまち賛同する声が続いた。

喜美代が反対する暇もなかった。誰かが喜美代の手から封筒を奪《うば》った。

カラオケの曲がかかった。

6

音楽が止まったときに喜美代が手にしていたのは、宮澤の手紙だった。

「二十年後のぼく、お元気ですか？　君はおそらく博士か総理大臣になっているでしょう。日本中のみんなが君を尊敬し、お父さんもお母さんもさぞかし鼻が高いことでしょう。——なんてことは、天地がひっくり返ってもありえないだろうな。二十年後の君は、たぶん、いや、絶対に『宮澤酒店』を継いでいるでしょう。そのころには、『宮澤酒店』は全国に進出して、支店の数を増やし、本店は大きな大きな店になっていることでしょう」

会場が爆笑の渦《うず》に包まれた。

「宮澤、おまえのじゃないか。宮澤酒店、そのまんまだよ」

「おまえって、予言者かもな」

「末は博士か総理大臣か、なんて宮澤君もずいぶん古くさいこと書いてたんだね」

みんなに冷やかされて、宮澤はきまり悪そうに赤くなった。が、楽しそうでもあった。

次々と手紙が読みあげられた。

「二十年後は、きっと結婚してるでしょう、だって？　おまえ、まだ嫁のもらい手ないじゃないか」

「二十年後のぼくは宇宙飛行士？　現実はトラックの運転手かよ」

アルコールが入ったせいか、手紙の内容に野次《やじ》を飛ばしたりからかう声も大きくなった。

喜美代は落ち着かない気分でいた。自分の手紙がなかなか読まれない。

「じゃあ、次で最後だね」

宮澤は自分が手にした手紙を、少し掲《かか》げた。

――わたしのだ。

読むまでもない。喜美代の心臓は高鳴った。

7

「――でも、本当は、犯人がつかまっているのがいちばんいいと思います。二十年後のわたし、犯人、つかまっていますか？」

宮澤が最後の一行を読み終えると、みんなの視線が喜美代に集まった。からかいや冷やかしの言葉は、ひとことも出なかった。

「喜美代さんのだよね。だって、読まれてないの、喜美代さんのだけだもん」

六年のときにクラスが同じだった近田静香《ちかだしずか》が言った。

「名前がなくても、中井のだってわかったさ。中井、浅岡《あさおか》良江と仲よかったもんな」

宮澤とよくつるんでいた内海滋《うつみしげる》も言った。

座がしんみりとした。

「本当に、まだつかまっていないんだよな。事件はとっくに迷宮入り、か」

宮澤が言った。

「でも、わたしたちって薄情だよね。事件は二年のときに起きて、この手紙を書いたのが六年。四年しかたっていなかったのに、良江さんのことを書いたのは喜美代さん一人しかいない。ほかの誰も良江さんには触《ふ》れてないじゃないの」

静香が言うと、「忘れたわけじゃないさ。みんな、心のどこかで、浅岡さんのことは中井さんが書いてくれるからいい、彼女に任せよう、と思っていたのさ。中井さん、浅岡さんの親友だったからね」と、宮澤が静香を慰めるように言った。

喜美代は、居心地の悪さを覚えていた。自分だって同じだ。手紙を書いた時点では、良江のことは気にかかっていた。

——もし二十年たって、まだ犯人がつかまっていなければ、警察のかわりにわたしがつかまえます。

あのときは、本気でそう思ったのだ。当時の執念《しゅうねん》とも呼べる熱い感情がよみがえってくる。だが、郷里を離れて東京へ行き、新しい友達ができて、新しい知識や経験が積み重なっていくうちに、いつのまにかそうした感情は薄らいでいった。

——わたしは、良江ちゃんを郷里に置き去りにして来てしまったのだ。

そう喜美代は思った。

「犯人の手掛かりは、いくつかあったのにな」

悔《くや》しそうに言う者がある。

「若い男を見たとかいう証言でしょう？　あれ、うちのおばあちゃんが見たんだよ。おばあちゃん、もう死んじゃったけど」

そう続ける者がいる。

喜美代も思い出していた。

小学校二年の七月の半ばだった。蟬《せみ》があちこちでけたたましく鳴いていた。学校から帰宅した喜美代は、いつものように遊び場になっている神社の境内へ行った。子供たちがわらわらと集まって来た。もちろん、良江の姿もあった。女の子たちは縄とび遊びを始めた。

ところが、なぜかその日に限って、「用事があるから」と早く帰る子供たちが続出して、気がついたら喜美代と良江の二人が残された。

「二人だけじゃ縄とびできないね」

喜美代が言うと、「ううん、できるよ」と良江が目を輝かせた。「あのね、鉄棒のところに縄の端っこを結んで、それで反対のほうを回すの。そしたら、一人がとべるよ」

あったまいいね、と喜美代は言った。そのやり方でしばらく遊んだ。どこからか夕げの匂《にお》いが漂《ただよ》ってきた。

「そろそろ帰らなくちゃ」

喜美代は言った。「帰ろうよ」

「帰りたくない」

いつもは「うん、一緒に帰ろう」とうなずくのに、拒否した良江に喜美代は驚いた。そして、少し良江の存在が遠くに感じられた。

「お父ちゃんとお母ちゃんがけんかするの、見たくないもん」

喜美代は返す言葉に詰《つ》まった。子供心に、良江の両親の仲がよさそうでないのは気づいていた。自分の両親や祖父母が噂《うわさ》するのを耳にしていたからだ。

「でも……」

気のせいか、急にあたりが暗くなった。喜美代は心細くなってきた。

「二十数えてから帰るから大丈夫だよ」

なぜか、そのとき良江はそんなふうに言い、喜美代はその言葉に安堵した。

わずかに後ろ髪を引かれる思いで、喜美代は一人、帰路についた。それきり良江には会えなかった。

良江が町はずれの雑木林で遺体で発見されたのは、翌日だった。良江は、縄とびの縄で首を絞められて殺されていた。その縄は、喜美代たちが遊びに使っていたものだった。良江の遺体には、性的にいたずらされた形跡があった。

前夜、帰らない良江を心配し、良江の両親が学校や近所に連絡して、みんなで探し回った末の悲しい結果だった。最後に一緒だったのが喜美代だとわかると、良江の両親は喜美代に詰め寄った。

――あんたたちがけんかするのを見たくないので、良江ちゃん、帰りたくないと言ってました。

とは、とても言えなかった。そこで、うそをついた。

「いつもの分かれ道まで、一緒に帰りました」

警察が聞き込みをした結果、その日、町内を見知らぬ若い男がうろついていたのを何人かが見ていた。年は二十歳くらい。中肉中背。リュックを背負って帽子をかぶった学生風の男。旅行者ではないか、というのが目撃者たちの推理だった。

神社にいちばん近い家に住む老人が、こう証言した。

「風に運ばれてきたのか、神社のほうから縄とび歌が聞こえてきたがね。少女の声と大人の男の声だった気がする」

時間的には、喜美代が帰宅したあとのことだという。

――良江ちゃんは、わたしが帰ったあとで、誰か男の人と縄とびをしていたのかしら。

喜美代は、そう推理した。鉄棒や木の幹に縄の一方を結びつければ、二人でも縄とび遊びはできる。

——その男の人が良江ちゃんを殺したのでは……。

だが、何日たっても、何か月たっても、良江を殺した犯人は捕まらなかった。

「行きずり殺人っていうのかな。町をふらりと通りすぎただけの人間が犯人だったら、捕まえるのはむずかしいだろうな」

町の人たちが険《けわ》しい顔で語るのを、喜美代は何度も耳にした。

良江を失ったことが影響したのだろう、良江の両親の不仲は決定的になった。事件後三年くらいで、彼らは別々のところへ引っ越して行った。

事件は、日々、町の人々の記憶から薄れていった。

——わたしがあのとき、良江ちゃんに強引に帰ろうと言っていたら、彼女は殺されなかったかもしれない。

——いや、わたしが彼女と一緒に残ればよかったのだ。

喜美代は、自分が彼女を死に追いやった気がして、罪悪感にさいなまれた。六年生になってタイムカプセルの話が持ち上がったとき、迷うことなく良江のことを書いた。そこまでは、彼女を殺した犯人を捕まえることが自分の彼女への贖罪《しょくざい》である、と頑《かたく》なに思い込んでいた。だが、大人になるにつれて、そうした罪の意識の重さが負担になっていった。良江を取り巻く環境には、子供の自分が立ち入ることのできない領域があったのだ、ということにも気づいた。

罪の意識を解放すると同時に、喜美代の中から良江の存在自体が次第に消えていった……。

宮澤に手渡された自分の手紙の文面を、喜美代は目で追った。行間から二十年前の自分が立ち上ってきそうで怖かった。

二十年後、自分は三十二歳になったが、六十一歳になっているはずの父も、五十六歳になっているはずの母も、すでにこの世にはいない。喜美代が大学を卒業して就職した年に、それぞれ違う病気で他界した。飼っていたチロも、十三年生きて天《てん》寿《じゅ》をまっとうした。地球は滅びず、自分は結婚していて、子供もいる。そして、良江を殺した犯人は捕まっていない。

8

「あれっ、良江ちゃんの手紙は？」

良江の話が出て座が静まり返ったとき、誰かが素《す》っ頓狂《とんきょう》な声を上げて、喜美代はドキッとした。

「良江ちゃんも手紙、書いたはずだよ」

「おいおい、死んだ浅岡が手紙を書けるはず、ないだろう？」

内海が眉《まゆ》をひそめる。

「いや……思い出した」

宮澤が言った。顔が青ざめている。

「小坂先生が、浅岡さんのかわりにタイムカプセルに入れてあげたような気がする。『浅岡も生きていたらきっと、二十年後の自分に向けて何か書きたかったろう』ってね。封筒に白紙の便箋《びんせん》を入れただけだったと思うけど」

「ねえ、それ、ホント？　小坂先生に確かめたほうがいいんじゃない？　だって、タイムカプセルにはこれだけしか手紙、なかったんでしょう？」

近田静香が、自分の肩を抱くようなしぐさをして言った。「良江ちゃんの手紙だけ、なくなってるはずないよね」

「もともと入ってなかったのさ。勘違いだよ、宮澤の」

内海が笑って宮澤の肩を叩いた。が、宮澤が青ざめたままなので、すぐに笑いを引っ込めた。

「電話して確かめてみたほうがいいんじゃない？」

「そうよ。何だか気味が悪いわ」

そういう声に促《うなが》されて、宮澤が席をはずした。しばらくして戻って来た彼の顔はこわばっていた。

「小坂先生が奥さんに伝言していた。自分が浅岡良江のかわりに入れた白紙の手紙があるはずだ、ってね。封筒の裏には『浅岡良江』とだけ先生が書いて、表には何も書いてないそうだ」

その言葉に、同窓生たちは一様に息を呑んだ。

誰かがふと気づいたように、「どこかに紛れてるんじゃない？　みんなで探してみようよ」と言った。だが、どんなに探しても、余分な手紙は見つからなかった。

「先生が入れたつもりで、入れなかったのよ」

近田静香が言った。その言葉にすがりつくことで恐怖を消そうとするかのように、同窓生たちの口から「そうだよ」「やっぱりな」といった声が続いた。

ひんやりした空気の中で、同窓会はお開きになった。

9

小学校が夏休みに入った。ダイニングルームが公園に面した喜美代の家には、子供たちの賑《にぎ》やかな声が午前中から聞こえてくる。近くの用水路にザリガニ釣りに行くのだろう、釣りざおや網やバケツを手にした男の子たちも、公園を通り抜けて行く。美里ニュータウンは田んぼと林に囲まれている。

――東京に比べたら、ここにはまだまだ自然の姿があるんだわ。子供たちの時間も、わたしが思うよりゆったり流れているのかもしれない。

喜美代は、家事が一段落した時間に、いつものようにダイニングのテーブルにワープロと資料を置いて、そう思った。和昭の休暇は、八月にならないと取れない。今年はどこへ行こうか。近いところにキャンプに行くのもいいかもしれない。あれこれと夏休みの計画が脳裏《のうり》をよぎる。

「勝手なものだわ」

辞書を閉じて、喜美代はひとりごちた。自分のことだ。

同窓会から帰った直後は、良江のことで頭がいっぱいで、家事も上《うわ》の空の状態が続いた。彼女のために何をしてあげられるのだろう、と真剣に考えた。祖父母と父母、四人の位牌《いはい》が並んだ仏壇に、真新しい縄とびの縄を買って来て、良江のために供《そな》え、線香をあげた。それが彼女の供養になったかどうかはわからない。ただ、自分のざわつく気持ちを鎮《しず》めたかっただけかもしれない。

――良江ちゃんが二十年後の自分に宛てた白紙の手紙なんて、本当にあったのだろうか。

その手紙が行方不明になったことが不気味で、何日か眠れなかった。だが、誰かが言ったように二十年前に小坂先生が入れ忘れたのだと思えば、手紙がないことの説明もつく。あのタイムカプセルは、誰かに掘り返されたような跡は少しもなかったのだから。

お嬢さん、お入んなさい。

こんにちは。ジャンケンポン。

負けたらサッササとお逃げなさい。

懐かしい縄とび歌が風に運ばれてきた。クーラーが苦手な喜美代は、窓を開けて仕事をしているのだ。出窓に寄って見ると、女の子たちが七、八人集まって、縄とびに興じている。ピンク色のゴムで髪を二つに結んだ美絵の姿もある。

「良江ちゃん……」

ふとその姿が、良江の姿と重なった。小学二年生のまま、喜美代の記憶にとどまっている幼友達。

歌声がとぎれ、子供たちの喧騒《けんそう》が消え、一瞬、静寂が訪れた。

ポトリ……。

玄関のほうで音がした。郵便受けに郵便物が落ちる音だ。

喜美代は表に出た。門柱に設置された郵便受けには、大量の郵便物が投げ込まれたようすもない。

透明なふたの向こうに、白っぽい封筒が見えた。裏返しになっているようだ。封筒の裏の文字が読める。

浅岡良江

筆ペンで書いたのか、達筆な文字で書かれている。

――良江ちゃんから？

瞬間、心臓が止まりそうなほどの衝撃を受けたが、すぐに、ああ、と気づいた。先日の同窓会で、ないないと騒いでいた良江の手紙が見つかったのだろう。良江の名前は小坂先生が書いたというから、大人の達筆な文字なのもうなずける。

――きっと、宮澤君か誰かが、いちばん親しかったわたしに送ってくれたんだわ。

胸に暖かいものが広がるのを覚えながら、封筒を取り出し、表にした。

途端に、喜美代は凍りついた。

さえぐさよしえちゃんへ

封筒の表には、宛名だけがあった。住所もなければ、切手も貼《は》られていない。

「三枝良江……」

声が震えた。どういうことだろう。誰が投げ込んだのか。

喜美代は、封筒を手にして、門の外へ飛び出た。誰もいない。いつも来る郵便配達員の自転車の音も聞こえない。

郵便屋さん、落とし物。

いきなり、子供たちの声が耳によみがえった。それまで、喜美代の耳が周囲の音を排除していたかのように。

子供たちが縄とび遊びをしている。美絵の高い声も混じっている。

はがきが十枚落ちました。

拾ってあげましょ。

——良江……よしえ……美絵……。

「美絵」は、「よしえ」とも読める。

——よしえ……美絵……みえ……三枚……。

喜美代の脳裏を、黒い雲が勢いよく流れていく。

――これは、良江ちゃんが、二十年後の自分に宛てた手紙？　まさか……。

喜美代は、手紙を持ったまま、ゆっくりと公園へ近づいた。美絵の姿がある。いまは「美絵」だが、和昭と結婚する前は「三枝」だった娘。

公園で落とした帽子を拾ったとき、和昭はそこに書いてあった「三枝《みえ》」という喜美代の娘の名前を名字と勘《かん》違いして、「三枝《さえぐさ》さん」と母娘《ははこ》を呼んだ。

「みえと読みます。この子の名前です」

喜美代は、微笑んで説明した。

「それは奇遇です。ぼくは三枝《さえぐさ》といいます」

それがきっかけで、母娘と一人の男との交際が始まった。そして、三人は家族になった。

娘の名前が、「三枝《さえぐさ》三枝《みえ》」では具合が悪い、と家庭裁判所へ行って、名前の変更を願い出た。申し出は受理され、「三枝」は「美絵」という名前に変わった。読み方は同じで、漢字だけ変えたのだ。まだ三歳だった娘は、そんな事情など少しも知らず、いままでどおり「みえちゃん」と呼ばれていた……。

良江が殺害されたときに町内で目撃されていた男は、当時二十歳くらいだった。いま生きていれば、四十四、五歳だ。

背筋を悪寒《おかん》が這《は》い上がる。
——美絵ちゃん、あなたは……良江ちゃんの生まれ変わりなの?
頬をピンク色に上気させて縄をとんでいる娘に、喜美代は内心で語りかけた。

一枚、二枚、三枚、四枚、五枚、
六枚、七枚、八枚、九枚、十枚、
ありがとさん。

美絵は見事に十回とび終え、肩で息をついた。
喜美代は、封筒の中から便箋を引き出した。白紙であるはずの便箋を。
だが、そこには幼い字でこう綴《つづ》ってあった。

二十年ごのわたしへ
わたしをころしたはんにんを、ぜったいにつかまえてね。
きっとあなたのそばにいると思うから。
すぐそばに。

柵の外に立っている母親に気づいて、美絵が笑顔を振り向ける。
喜美代の見知らぬ娘が、そこにはいた。

君の名は？

1

「呪」という漢字の成り立ちを教えてくれたのは、母方の祖母でした。

祖母は、勉強があまり得意でなかったわたしに、「いい？　麗美《れいみ》。漢字だけはきちんと覚えなさい。将来役に立つから」と言って、毎日、わたしが学校から帰るのを待ちかまえていて、漢字の書き取りの宿題につき合ってくれました。

わたしの父は、わたしが物心つく前に建設現場の事故で亡くなりました。それからは母子家庭で、美容師の母が仕事で忙しかったこともあり、祖母がわたしの面倒を見てくれていました。

「月という漢字は、三日月の形から生まれたもので、雨という漢字は、黒い雲から細かな水滴が降り注いでいる形から生まれたもの。そうやって覚えると忘れないでしょう？」

祖母は、絵を描いて説明しながら、ていねいに教えてくれました。

「朝という漢字は、十月十日と書くでしょう？　赤ちゃんもお母さんのお腹に十月十日いて、それから生まれてくるのよ」

漢字を通してそんな知識も与えてくれたし、山菜採りに一緒に山に入ると、頂上まで行って、「山の上下と書いて、峠と読むのだけど、ここがその峠ね」と、まだ習っていない漢字を実地で教えてくれたりしました。

そもそも、わたしの「麗美」という名前も漢字にくわしい祖母がつけてくれた名前です。麗しく美しい。画数が多くてむずかしい漢字だけど、形も端整だし、人生で同じ名前に出会うことの少ない名前だから、と言って。

祖母はまた、わたしたちがハンガーと呼んでいた洋服を吊《つ》るす器具を「衣紋掛《えもんか》け」と呼んだり、階段を「梯子段《はしごだん》」と呼んだり、体重を「目方」と呼んだりしていて、子供のわたしの耳には何ともミステリアスな響きに聞こえたものです。

ミステリアスといえば、祖母には霊感があったように思います。人が見えないものが見えてしまう体質で、テレビに映し出された女優を見て、「ああ、この人はよくない霊にとりつかれている」とつぶやいた数日後、その女優が事故死したこともありました。もっとも、口を滑らせてしまったと思ったのか、その後は霊感を匂わせるような言動を慎んでいました。

ある日、ひと目見てぎょっとするような感覚を受ける漢字に出会ったわたしは、「これ、何て読むの？」と、祖母に尋ねました。怖い映画のチラシに刷られていた漢字だったと記憶しています。

呪い

「それは、『のろい』と読むのよ。口偏に兄と書いて呪い。音読みだと『ジュ』ね」

「どうして、口に兄で呪いなの？」

兄という漢字は、小学校の低学年で習っていました。

「兄という漢字は、神事を司《つかさど》る年長の人という意味で、神に祈る人を表しているの。示す偏に兄と書く『祝（シュク）』と、口偏に兄と書く『呪（ジュ）』とは、もともとは同じ意味の祈りだったんだけど、よいほうの祈りが『祝』で、悪いほうの祈りが『呪』と、徐々に意味が二つに分かれていったのね」

「神事を司る人が、悪いことを祈ってもいいの？」

子供ながらに、そういう疑問が生じます。

「もちろん、悪いことを祈ってはだめ」

祖母は、笑ってかぶりを振りましたが、すぐに真顔になって、「人を呪わば穴二つ。そういうことわざを、麗美もよく覚えておきなさい」と、諭すように言いました。

「それって、どういう意味？」と聞いたわたしに、祖母はまじめな顔のまま説明しました。

「他人を呪うと、巡り巡って自分にも凶事——悪いことが起こる。だから、決して他人を恨んだり呪ったりしてはいけない。そういう意味よ」

2

教室に入る前から、不穏な空気がドアの隙間から漏れ出ているのに、わたしは気づいていました。

中学一年生の二学期という、すでにクラスの中での交友関係図ができあがった中途半端な時期の転校。一学期の最後に行われたクラス対抗球技大会で学年最下位になり、クラス全体が敗北感と屈辱感を引きずっていた時期。思春期と呼ばれる多感なお年頃。そして、何よりも、少女漫画の主人公のようなわたしの名前。

悪条件が重なっていました。

それまでわたしが住んでいたのは、瀬戸内海に面した港町でした。海水浴場もすぐそばなら、背後にはトレッキングのできる低い山も従えた自然に恵まれた町です。

夏になると、近所の子たちと一緒に、毎日のように海で泳いでいました。当然、夏休み明けにはみんな真っ黒に日焼けしています。

そんな状態での初登校が、悲劇を招いたのです。教室に入った瞬間、いくつもの視線がわたしの日焼けした肌に突き刺さりました。

黒板に白いチョークで、わたしの名前が大きく書かれていました。

白鳥麗美

「今日から二組に新しいお友達が加わります。『しらとりれいみ』さんです」

担任の宇野《うの》先生がわたしを紹介しました。

教室内にさざ波のようにざわめきが起こりました。あちこちで低いささやき声が上がり、嘲笑がわき起こったのです。

「はい、静かに」と、宇野先生が注意したにもかかわらず、ざわめきがおさまるまでには時間がかかりました。

——しらとりだって？　冗談でしょ？　あんなに真っ黒なのに。

――白鳥っていうよりカラスって感じだよね。

――名は体を表す、っていうけど、うそだよね。

――ホント、見事に期待を裏切ってくれたよね。どんなに色白で、見目麗しい、きれいな子が転校してくるかと思ったのに。

クラスメイトたちの心の声がわたしには読み取れました。

始まりは、単なる名前いじりでした。それから、クラス内でのわたしをターゲットにした陰湿ないじめが始まったのです。

3

「結婚、おめでとう」

由紀子《ゆきこ》は、居間に通されると、持参したデパートの紙袋を孝美《たかみ》に渡した。

「生まれてくる赤ちゃんの服。少し大きめを選んでおいたけど」

孝美は妊娠八か月を過ぎたところで、子供の性別はもうわかっているという。女の子と聞いて、ピンク色のロンパースにしたが、お揃《そろ》いの生地の髪飾りとクマのぬいぐるみがついている。

「わあ、嬉《うれ》しい。ありがとう」

孝美は、せり出した腹部に手をやると、「あなたからもお礼を言ってね」と、胎内の子供にやさしく語りかけた。

「それにしても、二重のおめでたね」

ベビー服を見るなり、「可愛い」「可愛い」を連発して盛り上がったあと、よいしょ、とかけ声とともにソファに座った孝美に由紀子は言った。

「わたしだって、予想外だったのよ」

そう受けて、孝美は肩をすくめた。「まさか、アラフォーで妊娠できるとは思わなかったもの」

「それまでまじめに働いてきたんだから、神様が孝美にプレゼントしてくれたのよ」

わたしのときはこんなに大きかったかしら、と孝美の膨らんだお腹を見て思いながら、由紀子は言った。

孝美は、大学卒業後、化粧品会社に就職した。現在は産休中で、出産後も育児休暇をとる予定だというが、家庭を持った同僚にかわって残業や休日出勤を引き受け、奮闘してきた姿を由紀子は知っている。

仕事に邁進《まいしん》してきた孝美も三十五歳になって、一人でいることに不安を感じて焦り始めたらしい。婚活を始めたものの、「妥協するくらいなら、一生独身のままのほうがまし」と、交際まで進んでも少しでも気に入らないところがあると、首を縦に振ろうとしなかった。ようやく十三人目のバツイチの男性と意気投合し、結婚を決めた孝美だった。年齢が年齢だからと子供は期待していなかったというが、幸運にも結婚式を挙げる間もなく子宝に恵まれた。

「わたしがたぶん、最後じゃない？　結婚も出産も」

孝美が目を細めて言い、「M中学校の女子の中で」と、声を落として言い添えた。

「そうかもしれない」

由紀子自身は、二十七歳で職場で知り合った男性と結婚し、二十九歳で女の子を、三十二歳で男の子を出産している。

「由紀子のところにも、同窓会の案内状が届いたでしょう？」

孝美が眉をひそめて問う。

「ああ、うん。実家に届いていて、母が知らせてくれたわ」

「わたしはこんな身体だから欠席で出すけど、由紀子はどうする？」

「どうしようかな。いまだに交流があるのは孝美くらいだから、行っても話が弾むかどうか」

「女性は結婚して姓が変わっている人が多くて、現住所を把握しにくいから、幹事の権田《ごんだ》君も苦労しているみたいよ。SNSで呼びかけているけどね。『M中学校○年度卒業の同窓生のみなさん、不惑の年を迎える節目に旧交を温めてみませんか？ぜひ権田まで連絡ください。仲間にも声をかけてください』って」

「孝美は、権田君とはいまでも交流があるの？」

同窓会を企画した権田基樹《もとき》は、中学校では学級委員を務めていて、勉強もスポーツもできる、いわゆる優等生だった。

「ずっと疎遠だったんだけど、三年前だったかな、SNSでつながったの。ほら、皆川《みながわ》姓のままだったから、権田君が名前検索して見つけて、友達申請をしてきたのよ」

現在は小林《こばやし》姓を名乗っている孝美は、結婚前は皆川孝美だった。

「権田君は結婚しているの？」

「さあ。しているんじゃない？　K大卒でR銀行勤務という情報は、公開されているわ」

首をすくめてから、「でも、いいよね、男の人は」と、孝美は言葉を重ねた。「姓が変わらない人がほとんどだから、未婚か既婚かわからなくて」

「そうよね」

由紀子もうなずいた。

由紀子は、結婚によって牧野《まきの》由紀子から田中《たなか》由紀子になった。愛着のある牧野姓を捨てた形だったが、女性が改姓するのが当然という風潮に逆らえず、また、当時は結婚にまつわるイベントに夢中で、自分の本心と向き合う暇がなかった。結婚してしばらくたってH市に帰省したときに、実家の表札を見て、身体の一部をもがれたような喪失感がこみあげてきたのだった。日本では、結婚時に女性の九十六パーセントが男性の姓を選んでいる。

「選択的夫婦別姓制度って、導入されそうにないものね」

孝美はため息をついてから、「もっとも、会社では旧姓で通しているから、支障はないんだけどね」と、自分に言い聞かせるように言葉を継いだ。

「わたしは、もうすっかり田中由紀子ね」

由紀子は、自嘲ぎみに言った。二人目を妊娠したときに会社を辞めて、しばらく専業主婦に専念していた由紀子は、その二人目が小学校に上がった年にパートの仕事を始めた。地域でも学校でも「田中さん」と呼ばれる生活に馴染《なじ》んでしまい、いまさら旧姓を通称にする必要性も感じられない。

「ねえ、知ってる？　クラスに佐々木久美《ささきくみ》さんっていたでしょう？」

と、孝美が上半身を乗り出した。「彼女、偶然、同じ佐々木姓の人と結婚したのよ」

「じゃあ、佐々木久美さんのままなのね」

「そうなんだけど、婚姻届を提出するときは、どちらの佐々木姓を選ぶか決めなくちゃいけないんですって」

「どっちを選んでも同じなのにね」

「と思うでしょう？　でも、違うのよ。最初は、ジャンケンで勝った久美さんが自分の姓を選ぶつもりだったんだけど、妻の姓を選択すると、妻が戸籍の筆頭者になって、戸籍上は夫が改姓したことになることがわかったの。そしたら、夫の家族や親族までが『やっぱり、夫が世帯主になるべきだ』って主張して、久美さんも譲歩したんですって」

「へーえ、そうなの」

「でもね、戸籍の筆頭者と世帯主とは別物なのよ。住民票の最初に書かれる人を世帯主と呼ぶだけでね。だから、戸籍の筆頭者が妻で、世帯主が夫でもいいわけで」

「日本の法律ってわかりにくいよね。　選択的とはいえ、夫婦別姓制度の審議が進まないはずよ」

そう受けてついた由紀子のため息に、孝美がお腹の大きい分だけ大きなため息を続けたあと、二人ともしばらく黙っていた。

「白鳥麗美さん、いまどうしているかしら」

「白鳥麗美さん、同窓会に出席するかしら」

そして、二人とも同時に口火を切った。同窓会の話が出たときから、一人の女性の顔が由紀子の頭を占めていたのだが、孝美も同様だったようだ。

H市のM中学校時代、一年生の夏休み明けに瀬戸内海に面した町から転校してきた白鳥麗美。健康的な小麦色に日焼けした少女。しかし、その名前と日焼けした肌とのギャップや、名前から受ける華やかさとは対照的な平凡な容姿がからかいの対象となり、やがていじめへと発展したのだった。

「同窓会には出てこないんじゃない？　現住所がわからなくて、権田君は彼女には案内状を送ってないと思う」

由紀子が言うと、

「そうね。わたしも実は、名前検索してみたんだけど、白鳥麗美の名前ではヒットしなかった。結婚して姓が変わっているかもしれないし、SNS自体、やってないかもしれないけどね」

孝美が引き取り、「あんな嫌な思い出があるんだもの」と、陰鬱な調子の声でつけ加えた。

その嫌な思い出について、またそれぞれ思い巡らせる時間があってから、

「子育てをしているせいかしら。最近、彼女のことを思い出す機会が増えてね」

と、由紀子は話を続けた。「娘の担任が、『いじめは絶対にいけない。いじめる子はもちろん悪いけど、いじめを黙って見ている子も同じくらい悪い』って言ったのを、娘が真剣な顔でわたしに教えてくれたの」

「いじめの傍観者も同罪。そういう意味ね」

孝美も深くうなずいた。「まさに、あのころのわたしたちがそう。率先していじめに加わったわけではないけれど、いじめを止めることもしなければ、白鳥さんをかばいもしなかった。頼りない担任だったとはいえ、宇野先生にもまともに報告しようとしなかったし」

「そうね。悪意の矛先が自分に向けられるのを恐れて、見て見ぬふりをしていたわ」

由紀子も、胸を手で押さえながら思った。あれから二十七年の歳月を経て、不惑と呼ばれる年齢になっても、わが子と接しているときなどに不意に息苦しいほどの罪悪感がこみあげてくるのである。

東京都とはいえ、二十三区からはずれた多摩《たま》地区で、その中でものどかな農村風景が広がる町の中学校。それが由紀子たちの母校M中学校だった。都心へのコンプレックスを抱えていたところに、クラス対抗球技大会で不本意にも学年最下位になり、鬱憤がたまっていた。その鬱憤のはけ口が、転校生に向かってしまったのかもしれない。思春期の生徒たちは、クラスで浮いた存在になるのを嫌う。そこに現れた港町の空気をまとった真っ黒に日焼けした転校生は、充分に浮いた存在だった……。

「いまさら反省しても遅いかもしれないけど、でも、もし同窓会に白鳥麗美さんが現れたら、わたし、心から謝罪しようと思っているの。『あのときはごめんなさい』ってね」

と、由紀子は言った。

4

郵便局の窓口の表示板を見ると、順番が回ってくるまであと五人。わたしは、気分を落ち着かせるために目をつぶった。すると、さっき見つけてしまったSNSの画面が脳裏によみがえって、心臓の鼓動が激しくなった。頭を振ってその画像を追い払おうとしたが、失敗した。

——M中学校○年度卒業の同窓生のみなさん、不惑の年を迎える節目に旧交を温めてみませんか？　ぜひ権田まで連絡ください。仲間にも声をかけてください。

自分のSNSのページを使って、権田基樹がそう呼びかけていた。

権田基樹。忘れようとしても忘れられない名前。わたしがM中学校に転校したとき、一年二組の学級委員を務めていた男子生徒だった。成績がよくて運動神経もよくて、教師受けもいい、絵に描いたような優等生。そのままエリートコースを突き進んだのだろう。一流大学を出て、大手都市銀行に勤務している。その経歴を誇らしげに載せているのも気に食わない。愛犬家をアピールしているのか、アイコンに飼い犬らしい毛並みのいい黒いトイプードルの写真を使っているのも、わたしへのあてつけにしか感じられない。

権田基樹がいじめの首謀者だったわけではない。首謀者は別にいた。しかし、クラスを一つにまとめる役目をするはずの彼がいじめを見逃した。そう、確信犯的に見逃して、いじめられるわたしを見て楽しんでいたのだ。

美術の授業のあった日だった。校外に出て写生した風景画に彩色する日。わたしの絵の具箱からチューブ入りの白い絵の具が消えていた。絵の具箱は、パレットや筆と一緒に後ろの自分のロッカーに入れておいたはずなのに。

白い絵の具がないと、木立の緑の葉の微妙なグラデーションが表現できない。

「先生、わたしの白い絵の具がありません」

美術が専門でもある担任の宇野先生に申し出ると、

「よく捜してみたの？」

と、心配するより先に、宇野先生はわたしの落ち度を問題にした。それまでにも、わたしの上履きや筆箱などの持ち物が見あたらなくなることが続いていたが、それらは少したって、教室や校内のどこかから誰かが「あったよ」と、見つけることで解決していた。

誰かが隠したのは明白だった。一人の人間の持ち物だけ何度も続けて消えることなどあり得ない。

ところが、宇野先生は細かな目配りができない、恐ろしく鈍感な教師だった。

転校してきた当初、前の中学校との授業の進み具合の違いに戸惑ったわたしは、母が忙しかったせいもあり、忘れ物をすることが多かった。それで、宇野先生の頭には、忘れ物の多い注意散漫な子、として刷り込まれてしまったのかもしれない。

上履きが靴箱の隅っこから見つかったときは、「場所を間違えて入れたんじゃないの？」ですませたし、筆箱が教室のゴミ箱から見つかったときは、わたしのロッカーとゴミ箱が近かったことから、「鞄《かばん》を出すときに滑り落ちたんじゃないの？」ですませた。いずれも破損はしていなかったから、大きな騒動にしたくなくて、「見つかってよかったわね」で終わらせたかったのかもしれない。

「誰か貸してあげなさい」

このときも、宇野先生は、わたしの絵の具を捜す手間を惜しんで、授業を進めようとした。

「白い絵の具なんかいらないよね」

「真っ黒に塗っちゃえば？」

「自分の身体から絞り出せばいいのに」

「そうだよね。白鳥さんなんだから」

宇野先生が教壇に戻るなり、周囲のひそひそ声がわたしの耳に入ってきた。声のするほうへ顔を振り向けると、途端にみんなすまし顔になる。誰が何を言ったのか、人物を特定することはできない。

授業が始まってまもなく、背中に何かが当たって床に落ちた。チューブに入ったわたしの白い絵の具だった。

「ほら、あったじゃない」

と、後方の席の須藤陽子《すどうようこ》が声を上げて、「先生、白鳥さんの白い絵の具、床に落ちてました」と続けた。

「足元までよく捜しなさいね」

そのときも宇野先生は、ちらりとこちらを見て注意しただけですませてしまった。

折りしも全国の中学校でいじめが原因で自殺する子が続き、生徒指導の一環として、「いじめについて考える」時間を設けるようにと教育委員会から指示があった。

ホームルームの時間、宇野先生は信頼を置いていた学級委員の権田基樹に司会役を命じると、「ちょっと職員室に用事があるから。意見を取りまとめておいて」と席をはずした。

「では、何でもいいですから、いじめについて気がついたことを言ってください」

権田基樹は、教師のように教壇に両手をつくと、生徒たちを見回した。

わたしは、いま手を挙げるべきか、宇野先生が戻るまで待つべきか迷った。

「このクラスでいじめられた経験のある人、またはいじめを目撃した人はいますか？」

質問が切り替わったとき、やはりいましかない、と意を決して挙手した。

「はい、白鳥さん」

指されたわたしは、声をうわずらせながら、いままでに起きたいじめとしか思えない事件——上履きや筆箱や絵の具を隠されたこと、「カラス」「闇女」「名前負け」「海に帰れ」などと陰口を叩かれたことを訴えた。

「それは、誰にされたのですか？　悪口は誰に言われたのですか？」

わたしは、言葉に詰まった。誰にされたのか、誰に言われたのか。心あたりはあるが、確信はない。録音したわけでも、悪口を書かれた紙を持っているわけでもない。確信のないままに名前を挙げて、いじめがエスカレートしたりしたらたまらない。

「わかりません」

悔しさをにじませて震える声で答えると、

「では、誰かその場面を見たり、聞いたりした人はいますか?」

権田基樹は、教室内を見回して問うた。

誰も手を挙げる者はいなかった。

「いませーん」

須藤陽子があっけらかんとした声で言い、「いませーん」「いませーん」と、それに何人かが追従した。

わたしは、絶望感に苛《さいな》まれた。いじめの物的証拠がない上に、名乗り出る証人まででいないとは……。

そこへ宇野先生が戻ってきて、「意見はまとまりましたか?」と学級委員に尋ねた。

「先生、うちのクラスにいじめはありません。一年二組は、みんなで助け合う仲のよいクラスです」

権田基樹は、得意げな顔で担任教師に告げた。

「そう。よかったわ」

宇野先生は満足そうに応じると、次の課題に進んでしまった。

教壇から自席に戻る途中の権田基樹の視線と、驚愕で目を見張ったわたしの視線とは、一瞬ではあったが、確かに絡み合った。

権田基樹の口元は緩んでいた。微笑《ほほえ》んでいたのだ。が、目は笑っていなかった。

その瞬間、わたしは悟った。彼は、いじめのターゲットになっているわたしを見て楽しんでいる。つねに優等生でいなければいけない彼にもプレッシャーはあったのだろう。彼にとって、いじめられるわたしを見るのが最大のストレス解消法だったのだ。

「坂口《さかぐち》さん……坂口れみさん」

名前を呼ばれて、わたしは、過去の回想から現実世界に引き戻された。ああ、そうだ、郵便局で順番待ちをしていたのだった、と我に返る。

「はい」と返事をして、窓口へ向かった。

現在のわたしは、白鳥姓ではなく、坂口姓である。結婚によって、改姓したのだ。が、旧姓を捨てるのが目的の結婚がうまくいくはずもなく、夫婦仲がぎくしゃくし始めてから一年たらずで離婚に至った。復氏届《ふくうじとどけ》は出さず、坂口姓を名乗ったままでいる。離婚してから、名前の表記を「れみ」に変更した。戸籍に届け出る名前は漢字だけで読みは問わないから、「麗美」と書いて「れいみ」ではなく「れみ」と読ませてもかまわない。画数が多くて書きにくいからという理由で、ひらがな名を通称として使用するようになった。日常生活では、戸籍まで要求される場面はそう多くはないから、大抵の場所は「坂口れみ」で通用する。

――いじめられたつらい経験を想起させられるから、白鳥麗美の名前を捨ててしまいたい。

そんな思いから別人に生まれ変わったわたしだが、大好きだった祖母がつけてくれた名前を捨てたという後ろめたさや心苦しさは拭えない。

その祖母は、わたしが中学生になって、最初の夏休みを迎える前に肺の病で亡くなった。自分の死期を悟っていたらしく、「麗美、おばあちゃんはもう長くはないの。身体はなくなっても、心は生きてあなたのそばにいるからね。麗美が麗美でいるかぎり、あなたを守ってあげるからね」が、わたしに残した最期の言葉だった。

祖母が亡くなると、母は遠い親戚を頼ってわたしを連れて上京し、H市に住まいを構えた。職場も市内で見つけた。

――麗美が麗美でいるかぎり……。

祖母の言葉が耳から離れない。白鳥麗美という名前に誇りを持っていたのに、いじめに遭って人間としての尊厳を失った。大体、引っ越す前に住んでいた集落では白鳥姓は珍しくなかったのだ。誰も名前いじりをする人間などいなかった。

持ち物を隠されたり、陰口を言われたりするたびに、教室から消えてしまいたい、と思った。死んでしまいたい、と思ったこともあった。けれども、祖母の言葉を思い出して、耐え忍んだ。おばあちゃんがわたしを守ってくれる、と信じていたからだ。

幸い、二年次にクラス替えがあり、権田基樹やいじめの首謀者とその仲間とは違うクラスになった。それでも、体育の授業で更衣室が一緒になったときなどに運動靴や水着を隠されたり、バレーボールの試合で集中的に狙われたりした。権田基樹は、そんなわたしを遠目に見て、相変わらずあざ笑っていた。

しかし、永遠に中学生であり続けるわけではない。高校生になって新しい交友関係を築き、美容師になる夢を持って専門学校に進んだ。過去は断ち切ったつもりだった。

――それなのに……。

いじめがトラウマになって、いまだに過去の記憶に苦しめられている人間がいるというのに、その存在を慮《おもんぱか》ることなく、同窓会を開いて旧交を温めようなんて、無神経すぎる。

封印した過去を掘り返してほしくはない。権田基樹が憎い。殺してやりたいほど憎い。

「呪い」の二文字が、わたしの脳裏に浮かび上がる。

——人を呪わば穴二つ。

他人を呪うと、巡り巡って自分にも悪いことが起こるという。本当だろうか。いじめの本質は「呪い」ではないのか。権田基樹は、わたしに悪意が向けられる様子を見て楽しんでいたのではないか。彼は心の中で、〈あいつに悪いことが起これ〉と、祈っていたのも同然ではないか。

祖母に続いて昨年母も亡くなり、わたしは天涯孤独になった。誰かを呪っても、身近にわたしを咎《とが》める人はもういない。

今日は、母の死後の手続きのために、郵便局を訪れたのだった。母と同じように、わたしもいまは美容師の仕事をしている。

——権田基樹の身によくないことが起きますように。彼の身に悪いことが起こりますように。あいつにバチがあたりますように。あの男が苦しみ悶《もだ》えて、息絶えますように。

わたしは、仕事場である美容室に戻ると、笑顔で客の髪の毛を切りながら、心の中では呪詛《じゅそ》の言葉を吐き続けた。

5

由紀子は、孝美からスマホに届いたメッセージで、権田基樹が交通事故で死んだことを知った。にわかには信じられずに、新聞やネットニュースで探して、自分の目でも確かめてみた。紛れもない事実だった。

仕事を終えて丸の内の飲み会に参加した権田は、終電で国分寺《こくぶんじ》の自宅まで帰ろうとしたらしい。駅から自宅まで千鳥足で歩いて帰ろうとしたのだろう。深夜、路上でトラックにはねられて命を落とした。

孝美の家を訪ねてから、ほんの一週間後のことである。

夫が出勤し、子供たちを学校に送り出したあと、家事を終えてノートパソコンをつけてみた。今日はパートの仕事がない日だ。権田のSNSをのぞいたが、まだ何も書き込まれてはいない。飼い犬なのだろう、愛くるしいトイプードルの写真のアイコンを見つめていると、スマホに孝美からまたメッセージが届いた。同級生だった佐々木久美を加えたグループを作ったから、そこでやり取りをしようという。

「お久しぶり」「元気だった？」という型どおりの挨拶に続いて、核心の話題についての書き込みが飛び交った。

――同窓会の前に幹事が事故死しちゃうなんてショック！　偶然だと思う？（久美）

――偶然じゃないとしたら？（孝美）

――誰かが……なんてことはないか。（久美）

――警察が検分したのだから、単なる事故でしょう。（由紀子）

――だよね？　他殺であるわけないよね？（久美）

――死を願うことはできるけど。（孝美）

――どういう意味？（久美）

――権田君を恨んでいる人がいて、同窓会もひっくるめて恨むとか。（孝美）

――同窓会を恨む。それで思い出した事件。二十年くらい前に、中学校の同窓会の会場に爆弾と砒素《ひそ》入りビールを持ち込もうとした男がいた。彼は、自分をいじめていた同窓生や、黙認することによっていじめに加担した同窓生に復讐《ふくしゅう》するために、自ら同窓会を企画した。（由紀子）

――復讐したくて幹事になったわけ？　それで、どうなったの？（久美）
――事件の顚末《てんまつ》は？（孝美）
――男は自分の部屋で爆弾を作り、砒素を用意して、殺人計画を練っていた。男の母親は、息子が書いた「殺人計画書」を発見して、事前に警察に届けた。男は逮捕されたので、同窓会には出られなかった。そのころ同窓会は無事開かれていた。同窓生たちはその場に現れなかった幹事の彼について、「急用でもできたのかな」「同窓会を開こうなんて、よっぽど中学時代が思い出深かったのね」などと無邪気に語り合ったという。（由紀子）
――母親が息子の企《たくら》みに気づいたからよかったけど、気づかなかったらどうなっていたのかしら。想像すると怖いよね。（久美）
――そこから導き出せるのは、「いじめたほうは忘れても、いじめられたほうは忘れない」っていう有名なフレーズ。（孝美）
――いじめを静観していたわたしも、あのことは忘れられない。（由紀子）
――白鳥麗美さんのことでしょう？　久美さんは覚えてる？（孝美）
――もちろん、覚えてる。白鳥さん、持ち物を隠されたり、陰口を言われたりしてたよね？（久美）

——白鳥さん、とくに権田君のことを恨んでいたと思う。いじめについての話し合いの司会、権田君だったし。（由紀子）
——あのとき、わたしも手を挙げなかった。いじめはなかった、と認めたのと同じ。（孝美）
——わたしもそう。勇気がなくて手を挙げられなかった。須藤陽子さんが怖かったから。（久美）
——須藤陽子さんとその取り巻きが、でしょう？（孝美）
——白鳥さんが権田君のことを呪っていたとしたら？　その呪いが成就して、権田君が事故死したとしたら？（由紀子）
——イヤだ。怖いこと言わないで。（久美）
——白鳥さん、当然、須藤陽子さんのことも恨んでいるよね？（孝美）
——いま、この瞬間、白鳥さんが須藤陽子さんに呪いをかけていたら？（由紀子）
——呪いをかけるとしたら、宇野先生にもじゃない？　白鳥さん、宇野先生のことも恨んでいると思う。（孝美）
——わたしもそう思う。宇野先生、白鳥さんがいじめられていたのに勘づいていたはずなのに、教師としての力量を問われて評価が下がるのを恐れて、黙認していた気がする。宇野先生も、いじめを見て見ぬふりをしていたわたしたちと同じ。（由紀子）

——じゃあ、次は須藤陽子さんか宇野先生が呪い殺されるってこと？（孝美）

——やめて。呪い殺すなんて、そんなの怖い。（久美）

——冗談、冗談。（孝美）

——冗談、冗談。（由紀子）

その夜、残業で遅くなった夫の夕飯のしたくをしていると、

「中学の同窓会、どうなった？　出ることにしたの？」

と、ビールを飲みながら、夫がカウンター越しに聞いてきた。

由紀子は、キッチンで夕飯のおかずの酢豚を温めていた。二人の子供はとっくに寝ている。

M中学校の同窓会の案内状が、卒業名簿の住所にあった実家に届いた話は、夫にしてあった。

「あれね、やっぱり、やめたわ」

「どうして？」

「孝美が出られないなら、話し相手もいないし。出てもつまらないから」

「ふーん、そう」

口では軽く受けただけだったが、夫の顔に安堵の色が浮かぶのを由紀子は見逃さなかった。

由紀子の夫は、自分が関与しない時代の話を妻がするのを好まない。結婚してから気づいた夫の性分だった。それを知ってから、極力、個人名を出して昔話をしないように心がけている。夫が知っている由紀子の中学時代の同窓生は、結婚披露宴に招待した孝美くらいだった。幹事役の権田基樹の名前は、もちろん、夫には知らせていない。中学校の同窓生が交通事故死したことも伝えるつもりはない。

夫の実家は、都心の一等地にあり、そこに三十代半ばで独身の夫の妹が義父母と一緒に住んでいる。夫も義妹も、中学高校大学と都内の有名私立の一貫校で学んでいる。そのせいか、東京のはずれの多摩地区に生まれ育ち、公立の中学高校と進んで、通いやすいからという理由だけで家から近い女子大に進学した由紀子は、夫に対してコンプレックスを抱いていた。二歳上の夫とは、職場で知り合った。洋酒を扱う大手商社に勤めていて、海外への出張も多い。

家庭内では中学時代の話はタブー、と由紀子は決めていた。ましてや、クラス内にいじめられていた転校生がいて、いじめを見て見ぬふりをしていた、などという話は口が裂けてもできない。子供たちに伝わりでもしたら大変だ。教育上、悪影響を与えかねない。

夫が不在のときにＳＮＳを通して友人とおしゃべりをするのが、由紀子にとっては唯一の息抜きになっていたのだった。

6

権田基樹が交通事故で死んだ。

信じられなかった。彼の死を告げる新聞記事を何度も読み返した。無機質なネットニュースよりも紙上の活字のほうが、より血の通った現実のものとして受け止めることができる。

――わたしの呪いが通じたの？

どうとらえたらいいのか、わからなかった。

偶然にすぎないのか。あるいは、つねにわたしの傍らにいるという祖母の霊が、わたしの願いを叶《かな》えさせてくれたのか。

幹事がいなくなったのだから、同窓会は中止になるだろう。

――いい気味だわ。これで、ようやく復讐を果たせたんだもの。

そう思って溜飲《りゅういん》を下げる一方で、落ち着かない気分になって、恐怖心も芽生えた。

――本当にわたしの呪いの力なの？　人の不幸を祈る念の力って、こんなに強いものなの？

――人を呪わば穴二つ。

祖母から教わったそのことわざも恐怖心を煽《あお》った。他人を呪うと、巡り巡って自分にも凶事が起こるという。「決して他人を恨んだり呪ったりしてはいけない」と、祖母からたしなめられたのではなかったか。わたしは、その禁を破ってしまった。

権田基樹の事故死を知った日から、何をしていても「呪い」の二文字が頭から離れなくなった。家にいるときも、仕事中も。よほど怖い顔をしていたのだろう。シャンプーした女性客の髪の毛をドライヤーで乾かしていたとき、鏡に映った自分の顔を女性客が眉をひそめて見ていたこともあった。「坂口さん、最近、笑顔が少ないよ。大丈夫？」と、店長に心配されたりもした。

眠れない夜が続いて睡眠不足になったせいか、仕事中に不意に眠気に襲われて、手にしたハサミを客の足元に落としたときは、「気をつけてね。ハサミは凶器にもなるんだから」と、あとで店長に強い語調で注意された。

——権田基樹を呪った結果、不眠症に陥った。これがわたしにとっての「凶事」なのか。

そう思ったわたしは、クリニックに通って睡眠導入剤を処方してもらった。薬のおかげで眠りが得られるようになったものの、不眠の症状が改善し始めると、今度は、自分の呪いの力を試してみたい気持ちが頭をもたげた。

——わたしの中には、もっと強い力が潜んでいるのではないか。

恨んでいる人間は、権田基樹だけではない。呪ってやりたい人間は、ほかにもいる。

まずは、担任だった宇野先生だ。宇野聡子《さとこ》。転校生のわたしがクラスでいじめられていたことを、彼女が知らなかったはずはない。気づいていて気づかないふりをしていたのは、明らかだった。

宇野聡子は、現在、多摩地区H市の教育委員会に所属しているという。SNSで名前検索してみてわかった。市のホームページに掲載された経歴を見るかぎり、M中学校に勤務していた当時は、いまのわたしとほぼ同年齢だと思われるから、六十代後半になっているだろう。彼女が既婚者だったのは覚えている。

――クラスの統率もはかれない教師が、定年退職後、教育委員会のメンバーになっているなんて……。

教育委員会には、中立的な立場で、市内の小中学校におけるいじめの問題に取り組む姿勢が求められているはずだ。いじめを黙認していた無能な宇野聡子に、そんな大役が与えられていい道理がない。

そして、何と言っても、いじめの首謀者の須藤陽子である。

彼女にはつるんでいる仲間が三人いた。須藤陽子が三人の「手下」に、わたしの持ち物を隠すように命じていたに違いない。上履きを汚されたり、筆箱を壊されたりしたわけではない。見あたらなくなった持ち物は、その後、須藤陽子の「手下」のいずれかによって発見されたとされ、わたしのもとに戻ってきた。彼女たちは、持ち物がなくなって一時的にでも不安な顔になるわたしを見て、楽しんでいただけだったのかもしれない。けれども、孤立したわたしの心を傷つけるのには充分な仕打ちだった。

物的証拠を残さないようにした須藤陽子のやり方は、非常に狡猾《こうかつ》だった。だが、状況証拠が須藤陽子の「犯行」を示している。美術の時間、わたしの背中にチューブ入りの白い絵の具を投げてよこしたのは、おそらく彼女だろう。いじめの現場を見聞きした者がいない、と断言したのも、彼女と手下の仲間たちだった。

それから……まだいる。かかわり合いになるのを恐れて、わたしがいじめられるのを黙って見ていた者。ときには一緒になって陰口を叩いた者。ときには一緒になって嘲笑した者。同情的なまなざしを投げるふりをして、自分がいじめられないですむと胸を撫《な》で下ろしていた者。クラスの全員がいじめに加担したのだから、全員が呪いの対象になる。

――それにしても、「呪い」ってどうやればいいのか。

果たして、本当に自分の念の力が及んで、権田基樹が死に至ったのか。そうだとしたら、どういう手順の「呪い」をかけたのか。その工程を忠実に再現しようとしたが、心の中で呪詛の言葉を吐き続けていたということくらいしか思い出せない。

それで、今回は、紙に書いて呪うことにした。最初は、呪う相手をすべて書き出してみたが、複数では念の力が分散されて弱まってしまうと考え、一人ずつに変更した。

やはり、まずは、宇野聡子からだ。

儀式は厳かなほうが効果的だ。書道用の和紙に、墨を磨《す》った筆で宇野聡子の名前を書いて、壁に貼った。そして、毎晩、寝る前に和紙の前に正座し、両てのひらを合わせると、念仏を唱えるように呪いの言葉を唱えた。

――宇野聡子の身によくないことが起きますように。宇野聡子が不幸になりますように。宇野聡子に災厄が降りかかりますように。宇野聡子が災難に見舞われますように……。

唱える呪詛の中に「死」という言葉を盛り込まなかったのは、「人を呪わば穴二つ」が抑止力になっていたからだろう。他人を呪うと、巡り巡って自分にも悪いことが起こるという。他人の死を願えば、その分大きな凶事が自らの身に降りかかる可能性が高くなる。

ところが、「死」という言葉を排除したにもかかわらず、「呪い」のリバウンドは、案の定生じてしまった。

毎夜の呪いの儀式を始めてから、ふたたびわたしの眠りは浅くなり、ひどくリアルな悪夢まで見るようになったのだ。地獄絵図のような光景が広がった場面に出くわしたり、人が電車にはねられたり、崖から突き落とされたりする場面に居合わせたり……。睡眠導入剤を服用すれば眠れることは眠れるのだが、嫌な夢ばかり見て、起きると全身にぐっしょり汗をかいている。起きてからもしばらくは、胸の動悸がおさまらない朝が続いた。

仕事中はミスをしないように細心の注意を払い、気が張り詰めているせいか、家に帰ると気が緩んでどっと疲れが出た。それでも、充分な睡眠は得られない。勤務先の美容室が休みの火曜日は、カーテンを閉めきって、前夜から続けてほぼ一日中、家の中で寝ているほどだった。

7

――一昨日の午前六時頃、H市〇〇の歩道橋の階段の下で、H市在住で市の教育委員を務める宇野聡子さん（六十八）が血を流して倒れているのを、散歩中の近所に住む男性が見つけた。宇野さんは病院に運ばれたが、死亡が確認された。死因は脳挫傷で、頭に鈍器のようなもので殴られた跡があった。背後から何者かに頭を殴打され、階段から転落したと思われる。宇野さんには、毎朝自宅付近を散歩する習慣があったという。H警察署では殺人事件とみて、捜査を進めている。

M中学校で担任だった宇野聡子の訃報を、新聞記事を転載する形でグループSN

Sに書き込んだのは、佐々木久美だった。
パート先の雑貨店にいた由紀子は、昼休みになるのを待ってグループSNSに参加した。臨月に入った孝美も、「お腹の子に響くから、なるべく怖い事件は避けて通りたいんだけど」と前置きした上で加わった。

——わたしたちが予想したとおりになって、怖いね。（久美）
——偶然が二度続くとは思えない。（孝美）
——白鳥さんの呪いが成就したってこと？（久美）
——わたしも想像はしたけど、現実にそうなるとは……。変だと思う。（由紀子）
——呪いの力じゃない、って意味？（孝美）
——今度は、殺人事件だから、交通事故死とは違う。（由紀子）
——白鳥さんが犯人だと思うの？（久美）
——強盗の犯行でないとすれば、動機は怨恨のセンが高い。宇野先生を恨んでいた人が、白鳥さんのほかにもいたかもしれない。（由紀子）
——財布などが盗まれている、という報道はいまのところされてないよね。（孝美）

――わたしたちの予想どおりに進むとしたら、次は須藤陽子さんで、その次は……。イヤだ、怖い。（久美）
――警察に情報提供したほうがいい？　同窓会を企画した権田君が交通事故で死んで、ひと月後に今度は当時の担任が殺されたことを。（孝美）
――時期尚早かもしれない。慎重にならないと。とにかく、白鳥さんがいまどうしているか。それから調べないと。（由紀子）
――どうやって調べるの？　どうやって捜すの？（久美）
――わたしは身重だから、行動は起こせない。できればかかわりたくないんだけど。（孝美）
――身重じゃなくても、わたしだってかかわりたくない。（久美）
　自分はどうするべきか、二人のコメントを読んで、由紀子は考えた。探偵を雇うような金銭的余裕はない。「白鳥麗美さんを捜しています」と、SNSを利用して公に呼びかける方法しか思いつかないが、そんな勇気もない。孝美が言ったように、警察に情報を提供するべきか。だが、警察という言葉が思い浮かんだ瞬間、夫の顔も同時に浮上した。

「子供たちのためにも、ぼくのためにも、両親のためにも、厄介なことにはかかわらないでくれ。警察沙汰は論外だ。平穏な家庭を維持するのが君の役目だからね。いいね？」

そう諭され、釘《くぎ》を刺されるのが目に見えている。

——わたしもこれ以上、かかわりたくない。

由紀子は、しばらく考えたのちにそう書き込んだ。書き込んでから、あのときと同じだ、と思った。白鳥麗美へのいじめを静観していたあのときと。

8

宇野聡子が死んだ。いや、殺された。今度も先にネットニュースで知って、それから新聞記事で確かめた。交通事故死した権田基樹。何者かに殺害された宇野聡子。わたしが呪った順番に死んだことになる。

偶然だろうか。いや、偶然だとは思えない。これはもう、わたしだけの力ではない気がした。何か恐ろしく強大な力がわたしにとりついているとしか思えなかった。

——祖母の霊力？

祖母には確かに霊感があったが、存命なときなら効力を発揮することもできたかもしれないが、死んでから三十年近くたっているのである。

殺人事件なのだから、警察の捜査は、幅広く被害者の交友関係に及ぶだろう。現在はもとより、過去のそれも対象になるはずだ。

わたしは、儀式に使った和紙を急いで壁から剝がすと、破り捨てた。被害者を恨んでいたという証拠になる。スマホに残っていた検索ワードから、「宇野聡子」に関するものもすべて消去した。

卒業以来、宇野先生とは会っていない。手紙のやり取りもしていない。大丈夫、目に見えるつながりは何もない。警察の捜査の手は、わたしにまでは及ばないだろう。もっとも、及んだとしても、わたしが殺したのではないから、疑いがかかっても、いずれは晴れるはずだ。

――犯人は誰なの？　一体、誰が殺したの？

事件から二週間たっても、犯人は捕まらないままだった。事件の続報も記事にはならない。

わたしの「呪い」が成就したのかどうかはわからない。だが、現実に宇野先生は死んだ。もう呪う必要はないのに、呪った代償は大きかった。夜中、まったく眠れなくなった。いくら睡眠導入剤を飲んでもだめだった。

他人を呪って、願いが叶えられたかわりに、安眠を失ってしまったのだ。睡眠不足で目の下に隈《くま》を作り、身体がふらついた状態で仕事に行き、美容器具の操作を誤って故障させてしまうミスが続いて、「お客さまに何かあると困るから、明日から当分休養してね」と、店長に強制的に休みをとらされた。

その夜は、酒の力を借りて、無理やりにでも寝ようと試みた。濃い目に作ったウィスキーの水割りに睡眠導入剤を入れて飲んで、しばらくすると、ようやく眠気に襲われた。

どのくらいうとうとしただろうか。

「坂口れみ、坂口れみ、起きなさい」

自分を呼ぶ命令口調の女の声で、わたしは目を覚ました。誰の声だろう。自分の声にやけに似た声だった。あたりを見回したが、まだ夜明けにはほど遠い時間で、外は真っ暗だ。

頭が痛い。酒のせいだろうか、薬のせいだろうか。

冷たい水で顔を洗うために、洗面所へ行った。

鏡に映った自分の顔を見て、ハッとした。

自分ではない女が映っている。いや、わたしかもしれない。わたしの顔によく似ているのだが、別人に見える顔だ。眉が吊り上がり、目が充血して口が裂けた、般《はん》若《にゃ》の面のような女。

「誰？」と、震える声でわたしは問うた。

「あなたが殺した女よ」と、わたしによく似た顔の女が、わたしによく似た声で答えた。

「わたしが……殺した？」

「そうよ。わたしは、あなたに殺された白鳥麗美。あなたがわたしをこの世から抹殺した」

わたしによく似たこの女は、何を言っているのだ。頭が混乱して、わたしは痛いほど首を横に振った。

「覚えてないの？」

けたたましい笑い声を上げたあと、低い声で女は聞いた。「あの日のこと、覚えてないの？」

「いつの……何を？」

心臓の鼓動が速まった。何かを思い出しかけている。

「二週間前の今日、暗くなってからあなたは出かけた。電車に乗って、H市に向かった。宇野聡子を殺すために。息を潜めて朝まで待って、散歩するために家から出てきた宇野先生のあとをつけて、そして、あの歩道橋で……」

「うそっ」

わたしは、叫ぶと同時に両耳を強くふさいだ。あの日の前後、悪夢を見た気がしたが、あれは夢ではなかったのかもしれない。誰かを崖から突き落とす夢だったが、現実が夢に取り込まれて加工された映像ではなかったか。

「うそだと思うなら、クローゼットの奥のキャリーバッグを見てごらんなさい。あなたが殺したという証拠があるから」

生唾を呑み込むと、わたしは洗面所を出て、クローゼットに向かった。緑色のキャリーバッグを引き出して、カバーを開ける。

全身の皮膚が粟立《あわだ》った。中から血のついた金槌《かなづち》と、丸められたベージュのスプリングコートが出てきた。コートを広げると、飛び散った血痕がいくつもついている。

「わたしじゃない。わたしは知らない。だって……」

わけがわからずうろたえるばかりのわたしに、

「大丈夫よ」

と、わたしの声によく似た声が頭の中で響いた。「麗美が麗美でいるかぎり、守ってあげる。死んだおばあちゃんにそう言われたでしょう？　だから、あなたにかわってわたしが出てきてあげたの。そして、あなたの願いをすべて叶えてあげたのよ。わたし——白鳥麗美は、死んだおばあちゃんに守られているから、絶対に捕まらないの」

「それって……」

どういう状況なのだろう。薄れていく意識の中で、わたしは推理を巡らせる。わたしの中にもう一つの人格が生まれてしまったのだろうか。それとも、葬ったはずの彼女——白鳥麗美という名前を持つ過去のわたしが目覚めてしまったのか。

坂口れみが、白鳥麗美に人格をのっとられてしまったのか。殺人を犯したのは、その白鳥麗美なの？

——人を呪わば穴二つ。

他人を呪うと、巡り巡って自分にも凶事が起こるという。凶事は……やはり、起こった。

「次の呪いの相手は、誰だったかしら。ああ、そう……須藤陽子ね」

それが、気を失う直前にわたし——坂口れみの耳に入った、もう一人のわたし——白鳥麗美の最期の言葉だった。

時効を待つ女

1

「ちょっと、お嬢さん」

　声をかけられて振り向くと、額が後退しかかった中年男が立っていた。銀色のスパッツをはき、丈の長い真っ赤なシャツをカーディガンがわりにはおった雅美《まさみ》を、卑猥《ひわい》な色を宿した目で見ている。男は、仕立てのよさそうな服を着て、少し膨らんだ鞄を提げている。アタッシェケースではなく、よくある黒革の鞄だ。

　——地方からの出張サラリーマンだろうか。金がありそうだ。

　そう北川《きたがわ》雅美は踏んだ。

「大学生？」

　雅美はうなずいた。

「お茶でも飲まない？」

「お茶だけ？」

　雅美は、顎《あご》を上げて切り返した。

　中年男がにやりとした。やにで汚れた黄色い歯がのぞいた。背筋に悪寒が走ったが、雅美は我慢した。

「お腹、空《す》いてるんだけど」

「好きなだけ食べればいいさ」

男は、雅美を寿司屋《すし》へ連れて行った。雅美は、遠慮せずに好きなネタを頼んだ。

寿司屋を出ると、足は自然にセンター街の裏へ向かった。百七十センチある雅美と、男の身長はほぼ同じだった。

雅美の肩を抱く腕にひときわ力をこめて、男は目についたホテルに雅美を連れ込んだ。雅美は拒否しなかった。

「一緒に風呂、入ろうか」

部屋に入ると、男は言った。

「恥ずかしい。先に入って」

男は上着を脱いで、ベッドに腰かけ、聞いてきた。

「学生っていうと、いくつ？」

「二十一」

「ふーん、二十一か」

男は、自分の年は言わなかった。四十五から五十五のあいだだろう、と雅美は思った。正確な年など知らなくてもいい。

「おれは養子でね」

男は、唐突に語り出した。やめてよ、と雅美は内心、うんざりした。男の身の上話など聞きたくなかった。

「婿《むこ》入りした先が農家でさ。サラリーマンを続けてもいい、が条件だったのに、舅《しゅうと》がうるさくてたまらない。遅く帰っても、畑仕事を手伝うのが当然って顔でおれを見る。九時から五時までの仕事は楽でいいもんだな、と皮肉を言う。どんどんおれの居場所が少なくなる」

雅美が気のないようすで聞いているとわかると、男は膝《ひざ》を一つ叩いて腰を上げ、バスルームへ入って行った。

シャワーを使う音がし出すや否や、雅美は弾《はじ》かれたように男が脱いだ上着に飛びついた。ポケットというポケットをまさぐる。

なかった。鞄に矛先《ほこさき》を変えた。財布が見つかった。ややくたびれかけた黒革の財布だ。万札を抜き出した。五万ほどある。

下腹が出かかった、禿《は》げ始めた男相手に二万では安すぎる。二万という数字は、寿司屋で小声で交渉した金額だった。

抜き取った金をバッグに入れ、ドアへ急ごうとしたとき、バッグの紐《ひも》を後ろからつかまれた。ハッとして振り向く。全裸の男が立っていた。出しっぱなしなのだろう、シャワーの音が浴室から流れてくる。

「おまえ、常習か」

男の言った意味がすぐにはわからなかった。

「このアマが」

男は、雅美の頬《ほお》を張った。雅美は、壁に頭を打ちつけた。一瞬、脳しんとうを起こしたようになった。奪い取ったバッグの外ポケットから、男は学生証を取り出す。

途端に、顔色を変えた。

「このアマ」

もう一度、男は口にした。声に怒気や憎しみが、思いきりこもっていた。

バッグを放り投げ、男は雅美にのしかかってきた。仁王のような形相《ぎょうそう》だった。雅美はもがいた。接近した男の大きな顔に、唾《つば》を吐きかけた。男がひるんだ。その隙《すき》を見て、雅美は男を突き飛ばした。

「バカにしやがって」

ドアに向かいかけたのを、また引きずり戻される。男に足を引っかけられ、雅美は前のめりに倒れた。ワインレッドの毛足の長いカーペットが、鼻先をこする。口の開いたバッグから、光るものがのぞいているのが目に入った。切り出しナイフだ。護身用に持ち歩いている。

手を伸ばし、ナイフを引き寄せる。男が雅美の髪をつかんで、ぐいと引いた。振り向きざまに、雅美はナイフを彼に突き出した。夢中だった。柔らかい肉を突く感触があった。男がうめいた。ナイフは彼の胸毛のあいだに、深くめりこんでいた。

悲鳴が喉《のど》の奥に張りついた。男は、足を折って、その場に横倒しになった。そこだけ白いマットを敷いてあるところに、頭を載せ、左手を曲げ、右手を上げた格好で……。

雅美は、できるだけ男の身体から離れ、右手をおそるおそる伸ばして、ナイフを抜き取った。血が噴き出す。顔に血しぶきがかかった。浴室からタオルを持って来て、ナイフをくるむ。顔を洗う。服にかかった血は、シャツが赤いせいでさほど目立たない。

人を刺しておいて、次に何をすればいいか、冷静に考えている自分に驚いた。人は刺したが、殺してはいない、と頭の片隅でぼんやり思っていたせいかもしれない。

なぜ刺してしまったのだろう、と考えた。学生証を見てさっと顔色が腐ったまぐろみたいに変わった男が、ただただ恐ろしかった。自分のすべてが否定され、侮辱《ぶじょく》された気がしたのだ。

自分の手が触れた記憶のある場所を、急いでハンカチで拭う。部屋を出ようとして、ふと思い出した。男は雅美の学生証を見た。北川雅美という名前を知っている。従業員が男を発見し、救急車を呼んだときに、まだ息があったら、自分を刺した人間の名前を言うかもしれない。

——とどめを刺したほうがいいのか。

しかし、もう一度人間の肉体を刺す、などということは、とてもできそうになかった。

しばらく雅美は、横たわった男を見ていた。男は動かない。血だまりの輪が、男の周囲にじわじわと広がっていく。

この男は死んだのだ、と自分に言い聞かせて、雅美は部屋を飛び出した。

2

久しぶりに早く帰宅した夫が、夕食の席でそう切り出して、竹中《たけなか》雅美は顔を上げた。めったに仕事のことを話さない。雅美が知っているのは、刑事である夫の竹中正男《まさお》は、彼が捜査一課に転属になって七年目ということくらいだった。

「落ち穂拾い班に入ったぞ」

竹中雅美は顔を上げ

「落ち穂拾い班って?」

「時効間近の事件を再捜査する班だよ。形式的にだけどね」

「時効間近の事件?」

ドキッとした。時効、と聞くたびに、雅美の寿命は間違いなく一分は縮まる。

「窓際みたいなところだよ」

正男は肩をすくめ、焼いて醤油《しょうゆ》と生姜《しょうが》をかけた茄子《なす》に箸《はし》を伸ばした。

「窓際なんて冗談でしょう? あなた、まだまだ若いんですもの」

雅美は、同い年の夫に微笑んだ。窓際、と自嘲《じちょう》ぎみに言っているだけなのだろう。

昼も夜も休日も関係なく、これほど一生懸命に働いている夫が、第一線からはずれた仕事を任されるとは思えなかった。

「野菜に旬があるように、事件にも旬があるのさ」

正男は、箸でつまんだ茄子にまぶした生姜を見て言う。「誰でも、忘れ去られたヤマより、いま新聞で大々的に報道されてるヤマのほうを手がけたいものなんだよ。おれが担当させられたのは、冷蔵庫の野菜室で腐りかけたカボチャさ」

「カボチャだなんてやめてよ。担当になったのは、どんな事件なの?」

「十五年前に起きた……って、当然か。時効三か月前だからな。場所は、渋谷のラブホテル『S』。殺されたのは、当時四十八歳の岐阜在住のサラリーマン。シャワーを浴びた直後だったらしく、全裸で胸を刺されて死んでいた。死因は失血死。凶器の刃物は見つかっていない。女と入室した形跡があり、部屋から女が消えていた」

「渋谷のラブホテルで起きた……殺人事件ね」

繰り返す雅美の声が震えた。

――よりによって、夫があの事件を担当するなんて……。

天を呪いたい気分だった。

「どうして……落ち穂拾いなの?」

ぎこちない笑みを浮かべて、雅美は夫に聞く。

「めぼしい手がかりをすべて刈り取ったあとだからさ。稲を刈り取ったあとに落ちている穂にろくなものはない。つまり、もう手がかりなんてないのさ。本部が解散したあとも、何度か定期的に再捜査はされている。もっとも、対外的に『捜査しています』と示す程度にだけどね。それで、何も出てこなかったんだ。これから三か月で急転直下、解決なんてことになるわけないいんだ。それこそ、犯人が自首でもしてこないかぎりね」

「自首する可能性は……あるの？」

「あとたった三か月だよ」

茄子を放り込んだ口をもぐもぐさせて、正男は言った。「どこの物好きが自首するもんか。息をひそめていれば、三か月なんてあっというまにたってしまうさ」

「で、でも、ほら、あの何度も整形手術を受けて日本中を逃げ回っていた女。時効までであともう少しってところで捕まったじゃない」

雅美は、記憶に新しい事件を例に出した。「あれは、マスコミで大々的に取り上げられた効果もあるんでしょう？」

「マスコミが飛びつきやすいやつはね。それに、あれは容疑者が全国に指名手配中だったが、こっちは、二十歳くらいの若い女としかわかっていない。その後、ホテルの従業員や付近の飲食店などに聞き込みをした結果、事件前にガイシャと一緒だったのは、肩にかかる髪のすらりとした若い女らしいと判明している。しかし、そんな女の子は、あの当時、渋谷あたりを歩けばごうじゃうじゃいたよ。ああ、いまでもいるか。いまなら、女子中学生、女子高生もその範疇《はんちゅう》に入るかな。最近の女の子はみんなおとなびてるから」

「当時二十歳としたら、いまは三十五くらいね」

「ああ、おれたちと同年代だな」

正男が何げなく言った言葉に、雅美は手にした湯飲みを落としそうになるほど動揺した。

「じゃあ、やっぱり、いま三十五くらいの人を対象に捜査するわけ？」

「当然だろ。当時のままの若さを保っていたら驚異だよ」

「ほかに……手がかりはないの？　たとえば、犯人の遺留品とか、被害者が残したメッセージとか」

「おまえ、推理小説の読みすぎだぞ。そう都合よく、遺留品やダイイングメッセージがあるもんか。あったら、とっくに解決してるよ」

正男は笑った。

本当だろうか、と雅美は彼の表情を探った。たとえあったとしても、妻に話さないのは、夫の過去の習慣からわかっている。家族といえども、守秘義務を忠実に守るのが正男の性格なのだ。マスコミに報道されている事実以上の内容は、絶対に口にしない。刑事の妻になってわかったが、殺人事件で記事になるのはごく一部だ。犯人しか知り得ない「秘密の暴露」を狙う目的があって、捜査上の情報を細かく発表しないケースが多いのだという。

「時効までに犯人が捕まえられればいいわね」

「期待はしてない。なんて、おれたちが言っちゃおしまいだけどね。それまでに起訴できなくても、容疑者の目星さえつけば何とかなるんだが」

食事を終えて、正男は「さあ、風呂に入るか」と席を立った。せり出し始めた下腹をぽんと叩きながら、浴室へ行く。その後ろ姿を見送って、雅美は焦《あせ》りと寂しさを覚えた。

結婚した十二年前は、正男はスリムな体型だった。それがこの数年、急激に中年体型になった。疲れやすくもなり、たまの非番は家で寝てばかりいる。「刑事なんか辞めたくなったよ」と、ため息混じりにこぼすようになった。身体の無理がきかなくなったのだ。が、根がまじめな夫は、仕事で手を抜くということができない。二十代のときと同じペースで仕事を続けている。ゆっくりさせてやりたいが、刑事という仕事は想像以上に忙しい。その上、子供のいない彼は、自由がきくものと思われているせいで、押しつけられる仕事の量も多い。

疲れやすくなったためか、やはりこの数年、二人のあいだに夜の営みはほとんどない。雅美が求めても、「疲れている」と言われると、それ以上、強く求められなかった。五年間試みた不妊治療をやめてから、拒まれる回数が増えた気がする。

――身体を合わせるのは、子作りのためだけじゃないのに。

忙しい、疲れた、とばかりため息をついている夫を見ると、雅美は寂しく思うのだった。もっとも、雅美もいまは、たとえ夫に求められたとしても、おそらくセックスに没頭することはできないだろうと考える。

――時効を迎えるまではね。

雅美は、洗面所へ行き、入浴中の夫に声をかけた。「着替え、ここに置くわ」

「ああ、ありがとう」

正男は、十二年間一緒に暮らしていても、何かしてあげたときに妻に「ありがとう」を必ず言う。こんなちょっとした気遣いが、女はたまらなく嬉しいのだ。

雅美は、洗面所の鏡をのぞきこんだ。結婚当初に比べて、こちらもしわが増え、全体的に脂肪《しぼう》がついた、中年体型の女がいる。子供を産んでいないのでお腹はそれほどたるんでいないが、二の腕のたるみが目立つ。

ふっと思いついて、結婚指輪を引き抜いてみた。関節でわずかに引っかかったが、まだサイズを広げるほどではない。指輪のあとの皮膚が白い。ゴールドでプラチナを挟《はさ》んだ結婚指輪の内側に、二つのイニシャルが刻んである。

Ｍ　ｔｏ　Ｍ

雅美は、購入した宝石店の店員の言葉を思い出した。

「あら、いいですね。イニシャルが同じなんてすてきだわ」

そのとき、雅美は自分に誓った。一生、この人を離さないと。ひそかに憧《あこが》れていた男にいきなりプロポーズされ、天にも昇るような気持ちで結婚したのだから。

浴室から鼻歌が聞こえてくる。

――あの人は、気づいているのかしら。

雅美は、強く首を振った。いいえ、気づいていない、と思いたかった。

――時効まで耐えるのよ。

夫の着替えに手を触れ、雅美は心の中で自分を励ました。大丈夫よ、心配はいらないわ。だって、結婚してあなたは、竹中雅美に生まれ変わったのだもの。そして……。

3

血のついたシャツを丸めて手に持ち、北川雅美は『山下《やました》』と表札の出た部屋のチャイムを鳴らした。まだ仕事から戻っていないかもしれない。

だが、ドアは開いた。顔をのぞかせた山下は、蒼白《そうはく》な雅美を見て尋常《じんじょう》でないと直感したのか、「どうした、雅美」と眉をひそめた。

雅美は中に入り、血のついたシャツを床に投げ捨てた。山下がそれを拾い上げ、胸をつかれた顔になる。

「先輩、どうしよう。殺しちゃった」

「何だって?」

「殺しちゃった、男を」

「うそだろ」

「うそじゃない。渋谷のSホテル」

山下の大きな喉ぼとけが動いた。

「雅美、おまえ、そんな格好で渋谷をぶらついてたのか?」

「アルバイトの帰りだったんだよ」

ふて腐れた顔で、雅美は言った。昼間は大学生、夜はアルコールを出す店でアルバイト。そうしなければ、授業料も家賃も払えない。

「なんで、そんな男の誘いなんかに乗った」

「お金がほしくて」

殴ろうとして上げた手を、山下は力なく降ろした。

「捕まる」

雅美は、両手で自分の肩を抱いた。身体が小刻みに震えている。「自首する」

「よせ」

「だって……」

「おれがついている」

雅美は、ハッと顔を上げた。守ってもらえるものなら守ってほしかった。刑務所に入るのは嫌だ。怖い。

「何か部屋に、証拠になるようなものを残して来なかったか?」

雅美はしばらく考えてから、「ううん」と首を振った。

山下は、いくつか質問をぶつけてきた。雅美は、必死に思い出して、一つ一つていねいに答えた。三か月前、夜のアルバイトが終わり、客に誘われて行ったディスコの帰り、街で男たちにからまれていたのを助けてくれたのが、山下だった。それから雅美は、山下を「先輩」と呼んで慕うようになった。

「心配するな。おれが守ってやる」

山下は、これを着ろ、と自分のブルーと白のストライプのシャツを雅美に投げてよこした。雅美はそれを着た。大きめだったが、色白の雅美によく似合った。

山下は、雅美を抱き寄せた。その瞬間、雅美の指に男を刺したときの感触がよみがえった。恐怖から逃れたくて、雅美は山下の唇を強く吸った。

4

「正男さん、知ってます？　雅美って、学生時代、けっこう遊んでたんですよ」

ロース肉を鉄板にひっくり返した三島奈央子《みしまなおこ》が、いたずらっぽい視線を正男に送った。

「超ミニやぴったりしたパンツをはいて、六本木や渋谷を遊び回ってたんだから。雅美、背が高いでしょう。モデルみたいにかっこよかったの。それで声をかけてくる男も多かったんですよ」

「そんな話、やめましょうよ」

正男が少し嫌な顔をしたのを察知して、雅美は奈央子をたしなめた。正男は、妻の学生時代の話をされるのをあまり好まない。大抵の男がそうかもしれないが、自分と出会う前の妻の顔を知らされるのに、少なからぬ嫉妬《しっと》を覚えるらしい。

三島奈央子は、大学の英文科の同級生だった。雅美が学生のころ、六本木や渋谷のディスコに入り浸っていたのは本当だった。それも、遊ぶための資金をほとんどおじさんたちに貢がせて。あのころは、若い肉体を持っているというだけで、遊ぶ金を調達してくれる男が盛り場には溢《あふ》れていた。女子大生ホステスを売り物にしていたパブも流行《はや》りだった。雅美たちは、遊び感覚でそういう場所でバイトをした。大学三年生のときに、父親の事業が失敗し、仕送りがストップした雅美は、途中からは生活費を稼ぐためにバイトに精を出した。事業の失敗に父親の女性問題がからんでいたと知って、半ばやけになってディスコ狂いした時期も、犯罪まがいの危ないまねをした時期もあった。

「わたしのことばかり話題にしないでよ」

今日はあなたのお見合いなんだから、という言葉を内心で添えて、雅美は奈央子を睨《にら》んだ。

食卓には、夫婦のほかに、奈央子と、正男の職場の上司、唐沢《からさわ》がいる。正男より六つ年上の警部だ。半年前に妻子を置いて家を出た。正式な離婚はまだのようだが、近々離婚が成立するらしい。独身の奈央子が、この唐沢の話を聞いて、「バツイチの警部なんてかっこいいじゃない。今度、会わせてね」と、お膳《ぜん》立てをしつこくせがんだのだ。それで、唐沢の非番の日に合わせて、竹中家で会食を催すことになった。会食といっても、料理の手間がいらない鉄板焼だ。それが、唐沢の好物だという。

「唐沢さん、あれですか？　やっぱり一人になると、鉄板焼とかお鍋なんかが恋しくなるものですか？」

奈央子は、唐沢へ向き直り、彼のグラスにビールを注《つ》ぎながら聞いた。

「まあね、一緒にいたときもあんまり家では食事しなかったけど」

唐沢は、ビールを飲んで答えた。酒が強く、顔に出ない男だ。長身で、がっしりした身体つき、鋭い目つきは、刑事になるために生まれついたようなものだと、彼を見て雅美は思う。柔道五段の猛者《もさ》だ。

正男は刑事としての唐沢を尊敬し、奈央子も彼のマッチョなところに惹かれているらしいが、雅美はあまり唐沢のことが好きではなかった。彼が家に来るのを、本当は歓迎していない。同性から見てもいい奥さんだった妻と、可愛い一人娘を捨てたことが、大きく影響している。離婚話に至るまでには、他人にはうかがい知ることのできぬ複雑な事情があったかもしれない。けれども、雅美の目には、唐沢の妻のどこにも欠点はなかったように映るのだ。強いて言えば、欠点がないのが欠点と言えようか。見てくれもよく、有能な唐沢のことだ。きっとどこかに女でも作ったに違いない。正男に、バツイチの上司など見習ってほしくなかった。唐沢が何か正男に悪影響を与えそうな気がして、雅美は怖いのである。

「唐沢奈央子、か」

奈央子がぽつりとつぶやいて、ほかの三人は彼女に注目した。

「あっ、ごめんなさい。言ってみただけ」

奈央子は、ちろっと舌を出す。「ほら、結婚したらどうなるのかな、と思って。夫婦別姓が法律的に認められるのは、まだまだ先のことでしょう？　気にしないで、唐沢さん」

気にしないで、と言われても、気にならぬわけがない。酒にも顔を赤くしない彼が、珍しく赤くなった。照れくさいというより、何とも居心地が悪そうだった。

「あっ、唐沢さん、赤くなった。もしかして、わたしに気があったりして」

言った本人が冷やかした。

二日後、昼間に出直して来た奈央子は、しきりに反省していた。

「わたし、このあいだ少し酔ってたみたい」

「少しじゃないわよ、うんとよ」

あきれて雅美が言うと、

「言いたいこと言ってたでしょう、わたし」

と、奈央子は天井を見上げた。「どうしよう、唐沢さんに嫌われちゃったかな」

「あら、好かれようと思ってたの？」

「ああいうふうに言うと、かえってわたしのこと意識して、好きになってくれるかな、と思ったもんだから」

「まあね、奈央子は、唐沢さんの別居中の奥さんとは全然タイプが違うけどね。でも、だからと言って、今度は奈央子を選ぶとは思えないな」

「どうして別れたのかな」

奈央子が身を乗り出した。

「さあ、知らないわ」

「正男さんも知らないの？　あの二人、仲がいいんでしょう？」

「仲がいいと言っても、上司と部下の関係よ。そんなことまで喋《しゃべ》らないんじゃないかしら」

「いいよね、雅美は」

奈央子が、ダイニングテーブルへ目をやり、ため息をついた。テーブルの上には、ノート型パソコンと数種類の辞書がある。さっきまでそこで仕事をしていた。

「結婚しても全然変わらないんだもの。そういう結婚、女の理想だよね」

「そりゃ、子供を産まないんだもの、あんまり変わらないわよ」

「そういう意味じゃなくてさ。結婚してますます輝いてる感じで。翻訳《ほんやく》のほう、調子いいみたいじゃないの」

「あ、うん、まあまあね」

翻訳家養成学校に二年通い、講師に仕事を紹介されて、半年前に自分の名前で一冊本を訳した。その訳書がベストセラーになり、驚くほどの収入がころがりこんできたのだった。

「でも、そうしょっちゅう、おいしい仕事があるわけじゃないし、ずっと続けるのは大変みたいよ」

奈央子にはそう言ったが、内心はずっと続けたい、できれば自分の収入で生計がたてられるくらいになりたい、とひそかに考えている。正男のためだった。このまま刑事を続けていったら、彼は肉体的にも精神的にもまいってしまうに違いない。

——時効を迎えたら、「刑事」という職業を捨ててほしい。

雅美は、真剣にそう願っていた。同じ屋根の下に、刑事がいるのはどうも落ち着かない。「時効」が訪れるまでは、「刑事」でいることにもある種の効力はある。夫が「刑事」であることが武器となり、周囲の攻撃から家庭を守ってくれる。だが、「時効」を過ぎたら、その効力は薄れる。

しかし、正男に「刑事を辞めて」と言うには、まだまだ雅美の翻訳家としての実力が追いつかない状態なのだ。

「本当に、雅美って幸せよね。正男さんが、いろんなことに理解があってさ。だって、仕事始めると言っただけで、不機嫌になる夫も多いって聞くよ」

「子供がいないからよ。育児に時間が取られない分、好きなことができるわ」

「子供がいなくても、妻を縛《しば》りつける夫って多いんだから。その点、竹中正男はすばらしく解放された男よね。発想が自由でさ」

「そうかしら」

「雅美も自慢なくせに」

夫を褒《ほ》められて悪い気はしない。そう……夫が自慢だった。が、以前ほど手放しでは褒められない。

雅美は、居間の壁にかけたカレンダーを見た。仕事の締切を確認するためではない。二か月後に迫った「時効」を確認するために。

5

「『いた』と、数字の4か」

落ち穂拾い班に組み込まれた竹中正男は、所轄署の刑事の隣でひとりごちた。

雅美には、「そう都合よく、遺留品やダイイングメッセージがあるもんか。あったら、とっくに解決してるよ」と言ったが、実際には、そのとおり、ダイイングメッセージがあったのだ。

被害者の唯野勇一《ただのゆういち》は、第一発見者のホテルの従業員に、虫の息の状態で「いた」

とかすかにつぶやいた。現場には、被害者が右手の人さし指で書いたらしい、数字の4に似た血文字が残されていた。

「まるで、推理小説みたいですね。言葉と文字によるダブル・ダイイングメッセージなんて」

渋谷南署の原《はら》は、まだ二十代半ばの若さだ。推理小説好きの彼には、関心のある事件のようで、落ち穂拾い人員に駆り出されたことを少しも不満に思っていないようすだ。

「いまさらですが、『いた』というのは、誰かがいた、って意味でしょうかね。それとも、ずばり、『いた』という人物を名指ししたんでしょうか。で、4は、犯人に関係した数字、たとえば生年月日とか電話番号、部屋番号あたりでしょうか。しかし、4に関係した人間なんて、恐ろしいほどたくさんいますからね。ぼくも誕生日が七月四日ですし。アメリカの独立記念日です。竹中さん、知ってます?」

原は、口数が多すぎる。東急デパートの近くのそば屋で、二人の刑事は向かい合っている。盛りそばを食べ終えたところだ。「時効間近の殺人事件なんですが」と前置きして、一帯の聞き込みに当たっている。

「どれもホシには結びつかなかった。『いた』のほうは、それこそ板橋《いたばし》在住のOL

から女子学生、『いた』がつく名前、とはしから当たったらしいよ。『いた』はホシとは無関係で、ただガイシャが『痛い』と口にしただけじゃないか、という見方もあったという」

「十五年前と言えば、ぼくは十一歳。渋谷でそんな事件があったことすら知らずに、ランドセル背負って学校へ行ってましたよ。竹中さんは？」

「おれは学生だった」

「じゃあ、大体、目撃されてる女と同じ年頃ですね。となると、いま三十五くらいの人妻か」

「人妻となぜ決めつける」

「ああ、すみません。なんとなく三十五と聞くと、人妻を連想してしまうんで。女で三十五と言えば、大体、結婚してる年でしょう？」

「それは偏見というものだ。独身女性だっているぞ」

先日自宅に来た、あのずけずけものを言う雅美の友達、三島奈央子というのがそうだ。正男は、彼女の顔を思い出した。わずかに段のある鼻。肉づきの薄い、ごつごつした顔だち。嫌悪感《けんおかん》を催すようなタイプだった。

「でも、そいつ、殺人を犯した女ですよ。あと一か月で時効といういまこの瞬間、どこでどう過ごしてるんでしょうね。罪悪感とかないんでしょうか」

「あれば、とっくに自首してるだろうよ」

「本人の中で、殺人が風化するものでしょうか」

「さあ。そばにいれば、そいつに聞いてみたいよ」

正男は言って、腰を上げた。「さあ、また聞き込みだ」

誰に聞いても、「ええっと、十五年前ですか。そのとき自分はいくつだったかな」と、当時の自分を思い出すような懐かしい目をされる。そういう目を見るのが、正男は苦痛だった。

6

「あなた、あの事件、その後どう？」

朝食の席で、コーヒーを飲みながら、雅美は夫に尋ねた。落ち穂拾い班に入れられた夫は、昨日今日発生した殺人事件を扱っていたときとは明らかに違う。毎日、ほぼ同じ時間に帰宅し、同じ時間に出て行く。

「あの事件？」

ん、という顔を正男は上げた。右手にはコーヒーの入ったカップがある。

「ほら、渋谷のラブホテルで男の人が殺された事件よ。十月二十一日で時効なんでしょう？　あとひと月よ」

「おまえ、どうして十月二十一日って知ってるんだ」

「えっ？」

しまった、と雅美は思った。カップを持つ手が震える。

「このあいだ、正確な日を言った憶えはないぞ」

夫の目が訝《いぶか》しげに光った気がして、雅美はとっさに言い訳を考えた。

「あ、あの……あなたから事件のことを聞いて、図書館で調べてみたの」

「そうか」

短く言って、正男がコーヒーに口をつけたので、雅美はホッとした。事件のことを気にかけすぎている、と思われては困る。

――普通に、普通に接するのよ。「時効」が通り過ぎるのを、ただじっと待つのよ。

「コーヒー、もう一杯いかが？」

雅美は、不自然にならないように微笑み、ポットの把手《とって》をつかんだ。

「もらおうか」

カップにコーヒーが注がれると、正男は言った。「ありがとう」

7

北川雅美は、汗ばんだ身体を山下の身体から離した。

「あれから二年たつのか」

山下が、煙草《たばこ》に火をつけて言った。二人は、ベッドの中にいる。「雅美、もう大丈夫だ。おまえのところまでは捜査の手が伸びないよ」

「安心できない」

雅美は、強くかぶりを振った。「このままだと、いつか捕まる気がする」

「物証はないんだ。大丈夫だ」

「でも……」

「『いた』を気にしてるのか?」

山下は、煙を吐き出して、笑った。「そんなのからおまえに行きつくはずがないさ」

『『いた』っていうのは、北川の北が『いた』に聞こえたもの。そうとしか考えられない。学生証をあいつに見られてるし」

「それは、おまえが北川だからそう思うだけさ。普通の人間は、間違っても、『いた』から『北川』にはたどりつけない」

「そうと言いきれる？」

「………」

山下は、自信を持って「言いきれるさ」と言えなかった自分に苛立《いらだ》って、吸いかけの煙草を灰皿に揉《も》み消した。

雅美は、もう一つのダイイングメッセージに触れた。

「4のほうは？」

「数字の4なんて、どこにでもころがってる。そこからおまえにたどりつけるわけが……」

「なくはない」

雅美は、自分でもゾッとするほど乾いた声で遮《さえぎ》った。「あれは、数字の4じゃなくて、方角を示す記号。すなわち、上のほうは北を示す。だから、北川の北」

「それも、おまえが北川雅美だからそう思うだけさ」

「そうと言いきれる？」

「………」

今度も、答えるのに躊躇《ちゅうちょ》した自分に腹を立て、山下は、「じゃあ、どうすればいいんだよ」と逆に食ってかかった。「どうすれば、おまえは安心できるんだよ」

「守ってくれるんじゃ……なかった？」

ふむ、と山下はため息をついた。少し考えさせてくれ、と言い、煙草を二本灰にした。たっぷり考えてから、おもむろに言った。

「手がかりから、遠ざかれ」

「えっ？」

「ダイイングメッセージから遠のけ、そう言ったんだ」

「………」

「おまえは、北川雅美だから安心できない。誰かと結婚しろ。そして、北川雅美じゃない雅美になれ」

「だ、だけど……」

「おれと結婚できないのは……知ってるよな。おれのほうにも縁談がある」

「誰？」

「固まったところで話す。政略結婚のようなものだ」

「………」

「耳を貸せ」

二人きりなのに、山下は雅美の耳に口を近づけ、少し長めにささやいた。雅美の胸の鼓動が、次第に速くなっていった。雅美の目を見つめて、山下は言った。「わかったか？」

こくりと雅美はうなずいた。脳裏には、一人の人物の顔が浮かんでいた。竹中という姓を持つその人物と結婚すれば、雅美は「竹中雅美」になれる……。

8

時効まで二十四時間を切った。

雅美は、洗面所の鏡に自分の顔を映していた。突然、背後に正男の顔が映り、ギクッとして振り向いた。

「どうしたんだ、ぼんやりして」

「あ、ああ、何でもないの。もうじき……時効を迎えるわね、例の事件」

「ああ、あれか」

「もう、ほとんど……絶望的？」

「おれがのんびりここにいるってことは……わかるだろ？」

「時効になったら、どうなるの？」

「何も変わらんさ。長らく預かっていた被害者の衣類や所持品を遺族に返却して、書類をしかるべく処分して、ご苦労会やって、それでおしまいさ」

「そう」

「だが」

と言って、正男はしばらく沈黙した。雅美は、不安にかられた。

「実は、おれは個人的に犯人を見つけたんだ」

「えっ？」

ごくりと雅美は、生唾を呑み込んだ。「誰？」

「鏡に映っている」

「鏡に？」

鏡に映っているのは二人しかいない。自分と夫だ。

蒼白になった雅美を見て、正男は笑った。

「冗談だよ、冗談」

9

　ご苦労会が終わった。『Sホテル殺人事件』は、時効を迎え、事件は永遠に正男の手を離れた。

　署を出た正男は、唐沢との待ち合わせ場所へ向かった。都内の居酒屋。カウンターに隣り合って座り、二人はビールを注文した。

「けさ、おれは犯人を見つけたんです」

　ビールを一口飲んで、正男は言った。

「どこで？」

「洗面所で」

「洗面所？」

「鏡に犯人が映っていました」

「それは、誰だ」

「妻……でした」

「奥さん？」

唐沢は、目を見開いて正男を見ていたが、笑い出した。笑いがおさまるのを待って、正男は言った。

「妻は……自分自身です。先輩だって知ってるじゃないですか」

「おい、昔の呼び方で呼ぶなよ」

そう低い声で注意して、唐沢は、自分も昔の呼び方で正男を呼んだ。「なあ、雅美」

10

「竹中雅美という女が、近所に住んでいる」

北川雅美は、山下に言った。「そいつ、ぼくに気があるようで、いつもぼくを見ている。よく目が合うんだ。女にしては身長がある。ぼくと同じくらいだろう」

「じゃあ、目をつぶってそいつと結婚しろ。それで、『君の姓を名乗る』と言うんだ。現実には、大半の女が男の姓を選択するようだが、おまえは少数派になればいい。進歩的な女なら、おまえの愛情が深いと思って、泣くほど感激するぞ。そして、さらに言ってやれ。『雅美同士が結婚すれば、竹中雅美が二人になってしまう。ぼくのほうが名前を変えようと思う』とな。もともと女みたいな名前で嫌だったとか何とか理由をつけるんだ。雅美からそう……マサオ、それがいい、マサオになれ。漢字は男っぽいものがいいな、正しい男とか何とか。字画を考えてその名前を選んだと言え。法律では、同じ町や村に同姓同名の者がいて、混乱が生じるような場合、正当な事由に当たるとして改名が認められている。同じ屋根の下に同姓同名の人間がいる場合、つまり夫婦が同名だと、生活上、郵便物その他の面で不都合が生じる。結婚と同時に家裁に申請して、審判を仰ぐんだ。必死に不便さを訴えれば、たぶん、改名が認められる。雅美、おまえはまったく違う男になれる。竹中正男という男に。そしたら、もうビクビクすることもないだろう。名前で女と勘違いさせて男を誘った、という推理からも逃れられる。それから、おれと同じ刑事を目ざせ。警察官は年中、募集している。おまえの学歴で十分通用する。刑事になるのも、手がかりから遠ざかることになる。一種のめくらましだよ。ただし、肉体だけは鍛《きた》えろ。もっと筋肉をつけて、男っぽくなれ。それでも、雅美、おまえの中身は変わらん。いいな、これは、戸籍上、別人になるためだけの結婚だからな」

11

「じゃあ、祝杯をあげよう」

唐沢は、ワインの入ったグラスを持ち上げた。正男も自分のを持ち上げ、唐沢のグラスに当てた。場所を、居酒屋から唐沢の自宅に変えている。

「時効に乾杯」

二人は、同時に言った。

「雅美、おまえ、刑事を辞めろ。そのほうがつき合いやすい」

「え、ええ」

「何だ、気が進まないようだな。辞めるっていう約束じゃなかったか?」

「そうですが」

「おれもじきに旧姓に戻る。唐沢家の家風にはなじまなかったってわけだ」

唐沢——旧姓・山下は言い、吹っきれたような顔で肩をすくめた。

「おまえのほうは、残念ながら、離婚しても戸籍上、雅美には戻れないが……。かまわんさ、中身は雅美だ。通称を雅美にすればいい」

「………」

「どうした。おまえにぞっこんの女房が、離婚を承知するかどうか、心配になったか？」

「雅美には、それとなく心の準備をさせました。事件の記事の切り抜きを、彼女の目につくところに置いたり、処分し残していた昔の女装写真を、わざと寝室に見つかるように置いたり、悪夢にうなされているような寝言を言ってみたり、カレンダーに意味ありげなマークをつけてみたりしてね。時効のことも、勘づいていたようでした」

「じゃあ、問題ないじゃないか。それで彼女が騒いでも……妄想《もうそう》で済ませればいい」

「ですが……」

黙り込んだ正男を見て、唐沢が顔を曇らせた。

「女を好きになったのか？　結婚で世間を欺《あざむ》こうとしても、いつかはおれみたいに繕《つくろ》いきれなくなるんだぞ。彼女のためにも、きっぱり別れたほうがいい」

「先輩の愛人になれ、とおっしゃるんですか？」

「何だ、その顔は」

唐沢は真っ赤になった。「誰がこの十五年間、おまえを守ってやったと思ってるんだ。もとはと言えば、女装して化粧したおまえが女に間違えられたせいだぞ。おまえが男を騙《だま》そうとしたせいだぞ。いくら金がなかったからと言ったってな。学生証の写真を見てカッとなった男にののしられ、頭に血が上ったんだろ？　情けない」

「若かったんです」

ぽつりと正男は言った。

「ああ、若かったよ。だが、それで許されると思ってるのか？」

「自分は……やり直します」

「おれは許さないぞ。おまえのために十五年、阻止したんだ。このヤマを何としても解決されまいとな」

唐沢は、正男の頬をひっぱたいた。「目を覚ませ」

正男が黙ったままでいると、唐沢は両手を正男の首に伸ばしてきた。

「絞め殺したければ、どうぞ」

正男は、静かに言った。「ただし、苦しむのはあなたですよ。これから十五年間。誰かに話したければどうぞ。どっちにしても、もう……時効ですから」

12

竹中雅美は、夜が明けるまでまんじりともしなかった。ご苦労会を終えたはずの夫は、昨夜、帰宅しなかった。

——時効を迎えて、彼の中でやはり何らかの変化があったのだろうか。

雅美は、信じたくなかった。夫に抱かれたことは何度もある。彼が、本当は男性しか愛せない人間であると、信じたくなかった。彼が改姓し、男らしい名前に改名したのは、安心して時効を迎えたかったからだけ、と思いたくなかった。

玄関のドアが開く気配がした。雅美は、ふっと頭を起こした。

正男が戸口に立っていた。

「あなた、お帰りなさい」

雅美は、涙のたまった目で、かつて北川雅美だった男を迎えた。

「ただいま。どうやらおれは、骨の髄《ずい》まですっかり竹中正男になってしまったようだ」

かつて北川雅美だった男は、照れたようにそう言った。

再燃

1

還暦同窓会になんか行かなければよかった、といまのわたしは少しだけ後悔しています。

あのときのわたしは、体調もあまりよくなかったのです。還暦同窓会とはいっても、早生まれのわたしはまだかろうじて五十代でした。それなのに、お恥ずかしい。ここ数年で急激に体重が増えたせいで身体を支えきれなくなったのか、膝の痛みがひどくなり、長い距離が歩けなくなっていました。

それでも、無理を押して出席する気になったのは、向井《むかい》君が離婚したと耳にしたからです。

向井亮平《りょうへい》君。わたしの初恋の人でした。

四十五年の時を経て、初恋の人がどんなふうになっているか、この目で見てみたいという軽い気持ちから出席を決めたのです。

向井君がわたしの初恋の人だったことは、誰も知らなかったと思います。自分一人の胸に秘めていたから。もっとも、彼は中学時代を通してずっと人気者だったから、わたし一人が騒いだところで大勢の女子たちの声に紛れてしまい、気づかれなかったかもしれません。

そう、向井君は大の人気者でした。思春期の女子が惹かれる男子といえば、当時は何といっても運動神経抜群の子でしたから、陸上部に所属して短距離走で県南トップクラスの向井君がモテないはずがありません。百メートルを十一秒台で走れるなんて、五十メートル走るのにもたもたと十秒以上もかかるわたしから見たら、まさに天才、違う星の人でした。

勉強のほうはトップクラスというわけではなかったけれど、社会科の成績はよくて、みんなが知らないような国内外の地名を知っていたり、地方の鉄道路線を知っていたりして、そんなところもわたしの目には魅力的に映りました。

埼玉県内の高校を卒業したあと、向井君が東京の大学に進学したことは、友達から聞いて知っていました。女子だけで何度か同窓会を開いたことがあったので。

「あの向井君、栃木のほうの会社の社長の娘と結婚したんだって」

「えっ、社長令嬢と？」

「ゆくゆくは、向井君が『社長』って呼ばれるようになるんじゃない？」

「へーえ、すごいね」

そんな会話が交わされたのは、二十五歳のときでした。

でも、初恋の人は初恋の人にすぎず、いつしかわたしの気持ちも次第に冷めていきました。そして、中学時代を振り返るとき、かすかな胸の痛みとともに、あの向井君の伸びやかな肢体と日焼けした精悍《せいかん》な顔が思い起こされるだけになっていました。

埼玉県内の女子高から都内の女子大の家政学部に進んだわたしは、栄養士の資格をとって食品会社に就職しました。高校大学と女子ばかりだったせいか、交際するような相手はできませんでした。就職してからも縁には恵まれず、気がついたら三十間近。

——もう結婚できないのではないか。

さすがにあせりました。二十代後半になって、まわりがバタバタと結婚し始めていたからです。結婚できないどころか、それ以前に、好きな人が現れないのです。中学時代に向井君に恋心を抱いて以来、その種の感情が生じなくなってしまったというか……。

仕事に夢中になりすぎたのですね。

ところが、その仕事が良縁を運んできてくれました。大学で栄養学を教えていた講師の男性と仕事を通じて知り合い、尊敬の念が恋愛感情へと変化して、結婚に至ったのです。

わたしが三十歳、彼が四十七歳のときです。

わたしと夫とは、十七歳も年が離れていたのでした。

「いまはいいけど、あなたが五十歳のときにご主人は六十七歳。そのころには教授になっているかもしれないけど、もう定年でしょう？　ずっと家にいられると、生活リズムが狂わない？　ただでさえ男性の平均寿命は女性より短いのだから、確実にあなたより早くあの世に逝ってしまうだろうし。その前に、介護が必要な身体になったりしたら、あなたの負担が大きくなるわよ。やっぱり、年が離れすぎていると、結婚生活が大変じゃないかしら」

そう忠告してくれた友人もいたけれど、好きになってしまったものは仕方ありません。年齢差は覚悟の上での結婚でした。その後、娘が生まれ、夫は育児にも協力的でした。

子育て中は一時的に仕事から離れていましたが、一人娘が小学校に入ったあたりから、ふたたび仕事に復帰しました。当時は定年が六十歳で、わたしが定年退職するときには夫は七十七歳、とっくに高齢者の仲間入りをしているわね、などと遠い将来を想像したものです。そのときは漠然と、わたしが還暦を迎えるまで生きていてくれるもの、と思っていたのでした。

まさか、友人が危惧したとおりになってしまうとは……。

夫は、四年前の夏に心筋梗塞を起こして、七十二歳で亡くなりました。年齢差があるからと覚悟をしていたとはいえ、ちょっとばかり早すぎる死でした。せめてあと三年、七十五歳までは生きていてほしかった……。

それでも、救いがあるとすれば、娘の優衣《ゆい》が社会人になっていて、母と娘の経済力で家庭を維持できたことでした。それに、夫は、自分と妻の年齢差を考慮して高額な生命保険にも入ってくれていたので、夫の死後に生活に困窮するというようなこともなかったのです。

とはいえ、伴侶を亡くして寂しい気持ちは抱いていました。定年退職後に海外旅行をしたり、好きな地に移住したりする夫婦の話などを耳にすれば、うらやましくなり、孤独感が増します。

――結婚を前提にしなくてもいいから、人生のパートナーがほしい。

そういう思いがわたしの中で強くなっていきました。

そんなとき、「還暦を節目に同窓会を開こうよ」と言い出した者がいて、ホテルの宴会場を会場とした同窓会の開催が実現したのでした。

——向井君も独り身になったことだし、何かが起きるかもしれない。

もしかしたら、恋心がふたたび燃え上がるかもしれない。最初は男女の友情から始まってもいい。それが、特別な感情へと発展していけば。そういう思惑がなかったと言えばうそになります。

ところが、向井君に会った瞬間、わたしは自分の期待値の大きさに気づいて、失笑しそうになりました。

向井君は、昔の面影がまるでうかがえない、白髪交じりでお腹がちょっと出た、どこにでもいるただの還暦おじさんになっていたのです。

膨らみかけていたわたしの恋心は、あっというまに萎《しぼ》み、今後は同窓生として熟年男女の友情だけをはぐくもう、と心に決めました。

2

恵比寿《えびす》のスタンディングバーに行くと、朋美《ともみ》が先に来ていた。小さな丸テーブルには、キッシュと野菜が盛られた皿と赤ワインの入ったグラスが置かれている。

「お疲れさま」「お疲れー」と言い合ったあと、優衣はテーブルの下のかごに鞄をしまい、カウンターで生ビールを注文した。

一気に生ビールを飲んで、「あーあ、生きた心地がする」と言うと、その様子を見ていた朋美が「まるでオヤジだね」と受けて笑った。

本当にオヤジみたいだ、と優衣も思う。ここ恵比寿駅周辺には、独身女性がおしゃれなオヤジに扮《ふん》することのできる店がたくさんある。新橋あたりに行けば立ち飲み屋にすぎない店が、恵比寿ではスタンディングバーと名前を変える。

今日は、朋美に「飲まない？」と誘われたのだ。朋美とは中学高校と一緒で、大学卒業後、ともに都内の会社に就職した。現在、朋美は都内で一人暮らしをしている。

「どう？　あれから誰かから連絡きた？」

と、ワインを飲みながら朋美が聞いてきた。

「あ、うん、市川《いちかわ》君からね。『ボードゲームの会に参加しないか』って」

「行くの？」

「うーん、気が乗らないな」

答えて、優衣は顔をしかめた。市川君というのは、中学校の同窓生である。

先月、渋谷のレストランで中学校の同窓会が開かれたのだが、そこに優衣は朋美と一緒に出席したのだった。

「でも、一度くらいデートにつき合ってあげたら？　市川君ってサッカー部にいた子だよね。わりとカッコいいじゃない。デートしてみて波長が合わなかったら、次はなしでいいんだし」

「そうだね。でも、断るのも面倒だから、最初から会わないほうがいいかな、と思って」

優衣が気のない返事をすると、

「優衣って、彼氏いない歴二十八年でしょう？　記録更新しそうだね」

と、朋美はため息をついた。

そのとおりなので、優衣は黙っていた。交際経験がないだけではなく、いままで一人も胸をときめかせた相手がいないのだ。

「また婚活パーティーに参加してみる？」

朋美が水を向けてくる。何度か誘ってくれたのだが、どのパーティーに出ても、ぴんとくる人には出会えなかった。婚活パーティーに参加したあとは、連絡をくれた男性への断り方に頭を悩ませてしまい、かえって気疲れしてしまうのだった。

「当分、婚活も同窓会もいいかな」

と、優衣は本音を言った。同窓会にも出るつもりはなかったのに、母親に影響されて出てみる気になっただけだった。「還暦同窓会に、お母さんの初恋の人、向井君も出席するんですって」と、同窓会の通知を受け取ってから、母はやけにはしゃいでいた。「優衣も同窓会に出てみたら？　人生の転機になるかもしれないわよ」と勧められて、それなら、と重い腰を上げたのだった。

同窓会に出席してみて人生の転機になったか、と問われれば、確かにある意味ではなったかもしれない、と答えるだろう。

「それより、朋美のほうはどうなの？」

と、優衣は矛先を返した。朋美には大学時代から交際している男性がいる。

「別れることにした」

あっさりと即答されて、優衣は言葉に詰まった。同棲《どうせい》経験もあり、結婚式場の下見までした仲なのだ。

「やっぱり、あっちから言ってほしかったから、わたしも根気よく待っていたんだけど。結局、結婚には踏みきれなかったみたいで」

「仕事のことが引っかかってるの？」

朋美の交際相手は、昨年転職している。

「同じIT業界での転職だから、仕事の内容はあまり変わらないというけど、思ったほど給料が上がらなかったみたいでね。彼は奨学金を返済中でしょう？　だから、結婚となるとわたしも考えちゃってね」

「そう」

大学の学費のために借りた奨学金は、借金そのものだ。所帯を一緒にすれば、家計のやり繰りの中で相手の借金が大きな比重を占めることになる。朋美の迷いも理解できる。

「彼のこと、諦めきれるの？」

「前ほどの熱い気持ちはないのよ。きっぱりと別れて、この先、ほかに縁のある人が現れたら、そっちのほうがいいかな、と」

そう答えてから、朋美は眉をひそめて言葉を重ねた。「わたしたち、もうじき三十歳。アラサー。何だかあせるよね。子供も産みたいしね」

「そうだね」

「だから、今回、同窓会の出席者も多かったんだと思う。同窓会を出会いのきっかけの一つとして考える人が増えてるのよ」

確かに、と優衣もうなずいた。会場の隅々では、LINE交換が盛んに行われていたし、「友達を紹介して」という声もあちこちで上がっていた。

「初恋の人と結婚する確率って、どれくらいだろう」

ふと、そんなことを思いついて、優衣は口にしてみた。

「あんまりいないんじゃないの？　だって、わたしの初恋は幼稚園のときだもの。長続きするはずがないわ」

「ずいぶん早いのね」

「お弁当の甘い卵焼きをくれた林裕太《はやしゆうた》君。彼がいまどうしていようと、全然興味ないわ」

「フルネームまで覚えているなんて、すごいね」

それだけ、人生において初恋の人は重要な位置を占めるということか。

「優衣は……ああ、そうか、初恋はまだだったよね」

呆《あき》れたような表情で、朋美が言い返した。

——初恋かどうかわからないけど、気になる人が現れたの。

優衣はそう言おうとして、やめておいた。

先日の同窓会で心の琴線に触れた人がいたのだった。だが、自分の気持ちが本物かどうか、慎重に見極めてからでないと、誰にも話すことはできない。もちろん、母にも。

3

思いがけないことが起きました。

同窓会のあと、向井君のほうから「会わないか？」と連絡してきたのです。同窓会の会場では、男女別のグループに分かれてしまったこともあり、あまり話はできなかったけれど、帰りの方向が一緒だったから少しだけ話したのです。だから、その余韻を引きずっていて、彼も話し足りないのかな、なんて思いました。「食事でもしない？」と誘われて、会うことに決めた日は、優衣にも会合があって帰りが遅くなる日でした。

そのころには、膝の痛みもだいぶ和らいでいたので、向井君が予約してくれた大手町のホテルの最上階のレストランまで、わたしはヒールが高めのパンプスを履いて、東京駅からの通路を弾むような足取りで歩いていきました。ホテルの入り口にはドアマンがいて、レストランフロアに直通のエレベーターまで案内してくれました。

　吹き抜けの天井には和紙が貼られていて、そこにあたる照明が柔らかい光を生み出していました。何かが起こりそうな大人のムードが漂う空間です。

——こんな高級レストランに招待してくれるなんて……。

ただの同窓生の関係ではない、それ以上の何かを求められているのかもしれない。そんなふうに気を回してしまい、緊張で足が震えます。

　向井君は、窓際の皇居の緑が望める席を予約してくれていました。

「今日はつき合ってくれてありがとう」

　向井君は、席を立って迎えてくれました。年齢相応に頭に白いものが交じり、お腹はせり出しても、さすが会社の社長さんです。仕立てのいいスーツを着ているのはわかりました。

「小野田《おのだ》さんも変わらないね」

　正面に座るなり、向井君はお世辞を口にしたけれど、変わらないはずがありません。化粧やゆったりした服でごまかしていても、目尻や口元のしわや太目の体型まではは隠せません。

　それに、いまのわたしは、結婚して佐倉《さくら》姓。だけど、旧姓で呼んでくれるのが嬉しくて、ああ、これが同窓生のよさだな、なんて勝手に一人で感激していました。

イタリアンのフルコースにそれに合わせたワイン、と料理が進み、それにつれて会話の内容も昔の思い出話からプライベートなものに変わっていきました。

「向井君、離婚したんだって?」

同窓会では、遠慮もあって立ち入った話は避けたのです。

「まあね」

「原因は何?」

「妻の気持ちがぼくから離れて、ほかの男に」

奥さんの浮気なのか。わたしはちゃかしたほうがいいのか同情したほうがいいのか迷い、何も言わずにいました。すると、向井君はわたしから視線をそらしたまま、説明を続けました。

「人生で一番好きになった人と再会したとかで、それで一挙に気持ちが盛り上がったみたいでね」

「その人は、奥さんにとって……初恋の人なの?」

初恋の人の前でその言葉を口にするのは、さすがにためらわれました。

「本人はそう言っていたけど、本当のところはわからない」

「再会して、恋心が再燃したのかしら」

「かもしれない」

向井君は苦笑すると、過去を顧みる目をして話を続けました。「もともとぼくは、妻より彼女の父親に気に入られていてね。知り合ったのも、義父とのほうが先だった。中学高校と陸上部にいたのも同じで、大学も学部も同じ。大学でテニス部に入っていたのも同じだったから、会ったときから好感を持たれていたんだよ。自分の跡継ぎは、絶対に体育会系の男と決めていたらしい。それで、ぜひ娘にと請われて会って、あれよあれよというまに結婚話にまで進んでしまった。将来は社長になれるという打算もあったかもしれない」

「別れた奥さんが関係している会社でしょう？　向井君はこれからどうするの？」

「会社を出る準備を進めている。別れた妻の弟が経営陣に加わっているし、うちの息子も出向先から戻ってきたところだしね」

「息子さんがいるのね。だったら、心強いわね」

そういうプライベートな家族の話も前回はしなかったのです。

「小野田さんのところは娘さんだよね」

「ああ、うん、まだまだ結婚しなさそう。ＷＥＢ制作会社に勤めていて、仕事がおもしろいみたいなの」

「仕事がおもしろいのは何よりだよ」

「そうかしら」

頭に浮かんだ優衣の顔を追い払って、「会社を出て、どうするの？」と、話をもとに戻しました。

「何とかなるさ。人脈は広いんだ。顧問をしてほしいという誘いもあるけど、ぼく自身はコンサルタント会社を設立しようと考えている」

「へーえ、そうなの」

「それで、小野田さんに相談というか話したいことがあってね」

――えっ、何だろう。仕事関係の相談か、あるいは、もっとほかの個人的な……。

わたしは、期待に胸を膨らませました。

4

複数で集まるなら、とボードゲームの会に参加してしまったことを、優衣は後悔していた。あまりにしつこく誘われたので、根負けした形だった。

その後、市川君からは毎日LINEのメッセージがくるようになった。彼が勤務するアパレル会社は五反田《ごたんだ》にあり、優衣の大崎《おおさき》の職場から近い。最初は、同じボードゲームや人狼《じんろう》ゲームやバーベキューパーティーに参加しないか、という誘いのメールだったが、そのたびに予定が入っていると断っていたら、業を煮やしたのか、市川君は次の作戦に出た。そして、それが、優衣を精神的に参らせることにつながったのだった。

「十九時から新宿駅南口の〇〇で飲む予定です。来ない？」

「十九時に渋谷の〇〇にいます。来られたら来てね」

「十九時半に品川の〇〇にいます。よかったら来てね」

「十八時半から大崎駅ビル内の〇〇にいます。近くだから来てね」

「昨日と同じ店にいます。残業？　終電まで待つから来てね」

五日続けてそんなメールが入り、三通目までは都合がつかないと返信したものの、四通目からは無気味さが募り、文面を見ただけで吐き気を覚えた。

――彼はわたしに近づいてきている。

徐々にエスカレートしていきそうで、怖くてたまらなくなった。

メッセージがきても無視して、既読にならないようにしよう。そう考えたが、彼からメッセージがあるか否か、チェックするだけでもひどいストレスになった。

——どうしよう。

誰かに相談したいが、同窓生を相談相手には選べない。社内の人間を相談相手に選ぶと、仕事上でごたごたが生じるおそれがある。母に相談したところで、不安な気持ちはうまく伝わらないだろう、と優衣は思った。母は基本的に善意の人で、単純な性格で、物事を素直に受け取るきらいがある。「市川君って中学の同窓生なんでしょう？　悪い人じゃなければ、しばらくつき合ってみればいいじゃない」などと、軽く受け流されてしまうかもしれない。

——あの人はどうだろう。

一人の男性の顔が、脳裏にぼんやりと浮かんだ。名刺はもらっている。企業の顔であるホームページなどを制作するのが優衣の仕事であり、依頼内容を聞くために企業に出向く機会も多い。必然的に名刺交換する機会も多くなり、あっというまに名刺が箱いっぱいにたまってしまう。

その中から一枚を抜き出し、連絡してみた。ビジネス同様、相談事は迅速に進めたほうがいい。そして、翌日、すぐに彼と会うことになった。大崎の優衣の勤務先まで来るという。

「佐倉さん、来客です」

受付から内線電話を受けて階下に行くと、応接コーナーで待っていた男性が優衣を見て立ち上がった。

「連絡をいただいた高見《たかみ》です」

と、男性は落ち着いた声で名乗ると、会釈をした。

5

都心の豪華なホテルに誘われ、向井君から「相談というか話したいことがある」と言われ、胸を高鳴らせたわたしでした。

——あなたに好意を抱いている。大人の穏やかな交際をしませんか？

初恋の人にそんなふうに告白されるかもしれない。そう思って舞い上がったとしても、不思議ではないでしょう？

それなのに、肩透かしを食ったというか。「ごめん。やっぱり、今日はやめとくよ」なんて、突然、気が変わられてしまって。

でも、まだ望みはあります。何度かデートを重ねれば、向井君も話す気になってくれるかもしれません。気長に待つことにしました。

そしたら、ひと月ほどたって、「話したいことがある」と連絡があったのです。

今度こそ、とわたしは意気込んで、おめかしして、待ち合わせ場所の有楽町のホテルまで行きました。なんと向井君は、レストランの個室を予約していたのです。

向井君は、神妙な顔をしてテーブルに着席していました。

――これは、人に聞かれたくない話に違いない。

でも、どうしよう。本気になられては困る。わたしのほうは、中学時代のような恋心はもう抱いていないし、できれば友情を大切にして、健全なおつき合いをしていきたいと望んでいるのに。向井君がそれだけでは満足できなくて、それ以上の関係、たとえば男女の関係を望んでいるとしたら……。

――ディープな交際を求められたら、どう断ろうか。

思案していたわたしに向かって、向井君はいきなりテーブルに頭をくっつけんばかりにして、「お願いします」と切り出しました。

――お願いします、と言われても……。

困ります、と言いかけたわたしに、きっと顔を起こした向井君は、息を吐き出すように言葉を継ぎました。

「お嬢さんをぼくにください」

6

　還暦同窓会に娘を連れていったことを、有楽町で向井君と会った直後、わたしはひどく後悔しました。

　あの日、膝の痛みがひどかったので、優衣に頼んで会場のホテルまで車で送ってもらったのです。会がお開きになるまでの二時間半、優衣はホテル内で待っていました。

　帰りがけに出口で向井君と一緒になったわたしは、娘の車で来たことを伝えました。すると、向井君は、「ああ、あれは小野田さんのお嬢さんだったの？　始まる前に会場の入り口で二人でいるのを見かけたよ」と言ったので、「よかったら娘の車でお送りしますよ」と、彼を誘いました。自宅まで送り届けたわけではなく、最寄りの駅までだったので、車内で話す時間は少なかったけれど、降りるときに彼から「どうぞ」と、名刺を渡されました。急いでいたのか、あとで二枚重なっていたのがわかって、一枚を娘にあげたのです。深い意味はありませんでした。

まさか、向井君がわたしの娘、優衣にひと目惚《ぼ》れするなんて、そして、優衣もまた向井君に心惹かれるなんて、思いもしませんでした。もしかしたら、名刺を二枚重ねて渡したのも意図的だったのかもしれませんね。優衣に好意を抱いた向井君は、「二人きりで会わせてほしい」とわたしに言い出せず、迷っていたのでしょう。

車の中で、向井君は、出張で出かけた海外の発展途上国の話をしてくれました。仕事に関係のない地方にまで足を延ばして道に迷ったり、電車の乗り継ぎに失敗したりしたエピソードに、優衣は興味を持ったようでした。価値観が共通していることや、彼のやさしさや純朴さに惹かれたのだと思います。

その後、人間関係でトラブルを抱えて悩んでいた優衣は、人生経験豊かな向井君に思いきって相談を持ちかけました。相談の内容というのは、いまだに母親のわたしには明かされていません。親子でも話したくないことはあります。それを、向井君は見事に解決してあげたのです。それで、二人の心は固く結びつき、人生をともに歩もうと誓い合うまでに至ったのでしょう。

優衣の父親が生きていたら、何て言ったでしょう。自分の娘が三十二歳も年上の男と結婚すると知ったら。きっと、驚いたことでしょう。でも、夫が生きていたら、いま七十六歳。自分よりは年下の男だからいいよ、なんて笑って許してくれたかもしれませんね。

わたしたち母娘《ははこ》の身体には、同じ血が流れていて、年上の男性と結ばれる運命にあったのでしょう。同学年の向井君とはうまくいくはずがなかったのです。

みなさま、本日はお忙しいところを、こうして二人の門出を祝うためにお集まりくださり、誠にありがとうございます。二人の希望で、親しい方々だけをお招きしてのささやかな宴となりました。

向井君……いえ、株式会社高見工業の元取締役社長の高見亮平さんは、いまは向井亮平さんに戻り、わたしの娘の佐倉優衣と結婚することになりました。

娘の初恋が成就したわけで、母親のわたしからも心からの「おめでとう」の言葉を贈ります。

向井君、おめでとうございます。経営コンサルタント会社を設立した向井君にとっては、二重の意味で新たな門出となります。

優衣、幸せになってね。

でも、おめでたくはあっても、やっぱり、還暦同窓会になんか行かなければよかった、と心のどこかでちょっぴり後悔しているわたしなのです。

お片づけ

1

十月一日（日）

きりのいい今日から日記を書き始めることにした。今年で八十八歳になったことだし、もう日記は書かない、お片づけの人生だから、と言っていたのになぜ？　と理央《りお》には驚かれるかもしれないが、一度きりのわたしの人生だもの、誰に何と言われようとかまわない。きっかけとなったのは、先月歯科医師会から届いた手紙。八十歳以上で自分の歯が二十本以上残っている人を表彰してくれるという。かかりつけの歯科医院の先生がわたしを推薦《すいせん》してくれたらしい。子供のころから勉強も運動もからきしだめで、褒められた記憶はない。それなのに、歯が残っているだけで表彰してもらえるなんて。あの手紙がわたしに勇気を与えてくれたのは間違いない。

十月二日（月）

この五年日記は、理央からの誕生プレゼント。引き出しにしまったままだったのを取り出して、昨日から書き始めた。「これから五年生きられるかどうかわからないから」と受け取りをためらったわたしに、「おばあちゃんが死んだら、あとはわたしが引き継ぐから」と言ってくれた理央。祖母から孫娘へ。日記をバトンタッチするのもおもしろいかもしれない。五年続くことを願って書く。とはいえ、書くことはあまりない。何しろ「お片づけの人生」と決めたときから、いろいろ処分してきたのだから。いままでつけていた家計簿もみんな捨ててしまった。死んだあとも日記が残る可能性を想像すると、迂闊《うかつ》なことは書けない。

十月三日（火）
お父さんが亡くなって三年。そのあいだ理央にも手伝ってもらって、本や衣類など不要なものをだいぶ処分した。今年に入って、自分のものも少しずつ処分してきた。いつお迎えがくるかわからない。自分の死後、子供や孫に負担をかけないようにと考えてのことだが、どうしても捨てられないものもある。人生のお片づけ。いい言葉ではないか。

十月四日（水）
通院日。整形外科と内科を回って、ひどく疲れた。やっぱり、自分の年齢を痛感してしまう。

十月六日（金）

昨日の日記、つけ忘れた。早くも三日坊主の兆候だろうか。最近簡単な漢字を忘れるから、辞書を片手に書くのもボケ防止にはいいかと思う。人生のお片づけ。心の中に置き忘れた大きなお荷物。

十月七日（土）

「よい歯の表彰式」が市民ホールで開かれた。仕事が休みの理央が付き添ってくれた。八十歳を過ぎて歯が二十本もある人なんてそんなにいないだろうと思っていたら、あにはからんや、二十一人もいてびっくりした。歯科医師会の先生が挨拶の中で、「歯は健康の源です。丈夫な歯を保っていることを誇りに思って、これからも大切にして長生きしてください」とおっしゃった。式典では、「相田《あいだ》さん」という八十二歳の女性が代表で表彰状を受け取った。名簿の最初だからだろう。でも、一人ずつ名前を呼んでくれたので、わたしも「菅野俊枝《すがのとしえ》さん」と呼んでもらえた。何だか興奮して顔がほてってしまった。

十月八日（日）
昨日の興奮の余韻《よいん》をまだ引きずっている。お祭りのあとのような気分だ。記念品はルーペだった。表彰状ももらったので、仏壇のお父さんに報告したあと、早速、壁に飾った。朝から飽きるほど眺めている。

十月九日（月）
体育の日だという。理央が遊びに来てくれた。「おばあちゃんも足腰鍛《きた》えて」と言われて、二人でテレビを観《み》ながら軽い体操をした。わたしから見ると理央は眩《まぶ》しいほど若い。それなのに、「もう二十六だよ。おばさんだよ。どうしよう」なんて嘆《なげ》いている。そんなあの子もまた可愛い。あんなにいい子なのに彼氏はいないのかしら。

十月十日（火）
ついに行動に移すことにした。あの女性弁護士さんがまたテレビに出ていた。興味深い話を耳に入れたのは、この夏のことだった。人生のお片づけ。心の中に置き忘れた大きなお荷物。

十月十一日（水）

下調べのために図書館へ。スーパーと図書館と病院が近くにあるのは、わたしのような年寄りにはありがたい。新聞社にも電話した。

十月十二日（木）

バスに乗って、一つ手続きをすませて来た。

十月十三日（金）

昨日に続いて、手続きをしに出かけた。少し時間はかかるかもしれない。それでも、気になっていたことが片づいて、気分がすっきりした。心の中のお片づけが終わりつつある。

明日からわたしは、生まれ変わったわたしになる。

2

案内した居間に前田《まえだ》の姿はなかった。廊下に出て和室をのぞくと、仏壇の前に立っている。

「お茶がはいったけど」

猫背ぎみの後ろ姿に声をかけると、

「ああ、ありがとう」

と前田は振り返り、「自分、仏壇のある家なんて、映画やテレビでしか見たことがないから珍しくて」

と、黒縁の眼鏡をずり上げながら言った。

「へーえ、そうなんだ」

ものごころついたときから見てるから、わたしは別に珍しくないけど、と内心で続けて、理央も彼の横に立った。百八十センチの彼の隣に立つと、小柄な理央は見上げる形になる。

「位牌がいっぱいあるね」

「ああ、うん。おじいちゃんとおばあちゃんと、その前の代のおじいちゃんとおばあちゃんのもあるから」

「ドラマに仏壇が出てくると、何だかうらやましくてさ。ほら、何か願いごとがあるときなんか、必ず仏壇に手を合わせたり、何かみやげものをもらったりすると、仏壇に供えたりするシーンが出てくるじゃないか。そういうの、自分もやってみたくてね」

「じゃあ、いまやれば？」

理央はそう言うなり、台所に戻って手みやげのお茶菓子を持って来ると、小皿に載せて前田に渡した。

前田は、戸惑《とまど》いながらもそれを仏壇に供え、理央に手本を示されながらぎこちない手つきで線香を一本上げると、神妙に手を合わせた。

「満足した？」

「うん、こういうの、一度やってみたかったんだ」

前田はそう言って、白い歯を見せた。

――この人といると全然緊張しない。

恋活パーティーで出会って、最初に話したときも感じたが、場所を変えて会ってみて改めてそう思った。が、ときめきを覚えるわけでもない。

「で、これが例の表彰状なんだね」

と、前田は仏壇の横の壁に視線を移した。「八十八歳で自分の歯が二十本も残っていたなんて、やっぱり、君のおばあさんはすごかったんだよ。うちのおばあちゃんなんか、総入れ歯だった。自分が中学生のときに死んじゃったけどね」

「歯が丈夫だから、もっと長生きできるはず。そう思っていただけに残念でね」

理央の祖母、菅野俊枝は、昨年末に脳梗塞《のうこうそく》で他界した。一人暮らしの俊枝の家には、理央が母親と交替で様子を見に通っていたが、玄関先で倒れていた俊枝を発見したのは母だった。すぐに救急車を呼んで、病院に運ばれた俊枝だったが、意識が戻ることなく翌日に息を引き取った。

それから四か月。「まだ気持ちの整理もつかないのに、実家の整理なんてとんでもない」と言う母にかわって、理央が祖母の家の片づけに訪れたというわけだった。

しかし、単なる片づけではない。

居間に戻ると、二人はテーブルに向かい合った。テーブルの上には俊枝がつけていた五年日記が置かれている。

「で、これが例の五年日記なんだね」

前田は出されていたお茶に口をつけると、さっきと同じ口調で言い、分厚い日記帳を取り上げた。

「それを読んで、家の中から手がかりを見つければ、本当にそれで、おばあちゃんの心の謎《なぞ》が解けるの？」

日記帳をめくる前田に、理央は聞いた。

「ああ、解けると思うよ」

「ずいぶん自信があるのね」

「まあね」

本当かしら、と理央は前田に気づかれない程度に首をかしげた。

前田とは「恋活パーティー」の一種である「街コン」で知り合った。「街コン」とは街ぐるみで行われる大型の合同コンパのイベントを指し、その中の「趣味コン」と呼ばれる集まりに来ていたのが前田だった。趣味を同じくする男女が出会いを求める場で、学生サークルの社会人版のようなものだ。その趣味も細かく分類されていて、映画鑑賞や美術館巡りのほかに読書も好きな理央は、読書の中でも「ミステリー」と限定された趣味コンのパーティーを選んで参加してみたのだった。

その前にも何度か「婚活」や「恋活」と冠されたパーティーには参加していて、

だいぶ懲《こ》りていた。ひと目でつき合い下手《べた》とわかる男に好かれてしまい、つきまとわれてあしらうのに疲れたり、自分の情報は小出しにして、こちらの情報ばかり引き出そうとする男に警戒心を募らせたり、「ぼくも映画や本は好きなんです。ミステリーですか？　大好きですよ」とにこやかに言う相手に、「クリスティの『そして誰もいなくなった』は、原作と映画、どちらがよかったですか？」と聞くと、「クリスティ？　知りません」と返されて拍子抜けしたり……。

それで、最初から趣味が同じ相手なら少なくとも会話は弾むだろうと考えて、そういう種類のパーティーに参加してみたのだった。二十五歳から四十歳までの男女十五人ずつが参加して、一人あたり五分間対座して話す。その中で気が合うと思った相手を紙に書くのだが、互いの名前を書いた者同士がめでたくカップル成立というわけだ。

「『そして誰もいなくなった』は、原作と映画、どちらが好きですか？」と用意していた質問を向けた理央に、前田は「原作と映画、それぞれのよさがありますね。自分が演ずるとしたら、断然、最初に死ぬマーストンがいいですね。自分、毒殺される役にたまらなく魅力を感じるんですよ」と答えてから、「アガサ・クリスティで自分が一番好きなのは、ミス・マープルが活躍する『予告殺人』ですかね」と、よどみなく言葉を続けたのだ。その答え方で、彼を本物のミステリーファンだと認めた。が、ミステリー通だけにオタクではある。自分のことを「自分」と呼ぶのだけはどうにも好きになれない。

初デートが女性の祖母の家というのも妙なものだが、理央は、前田に謎解きができたら、真剣に交際してもいい、と思っている。

俊枝の日記は、脳梗塞で倒れた前日で終わっている。日記を何度か読み返すだけの時間を与えたあと、顔を上げた前田に理央は聞いた。

「それで、わかった？　なぜ、おばあちゃんが『菅野俊枝』から『土屋《つちや》俊枝』に姓を戻したのか」

土屋。それは、亡くなった祖母の旧姓だった。

3

おばあちゃんの姓が変更されているのに気づいたのは、病院での手続きをはじめとした、いろんな手続きを行う過程でのことだったの。健康保険証の氏名が「土屋俊枝」になっていて、あら、間違いじゃないか、と役所に確認したり。そのときに、

「いえ、土屋さんです。十月に復氏届が出されており、受理しています」と言われて、唖然《あぜん》としたのね。でも、亡くなった直後はこっちもバタバタしていたし、何らかの手違いですませたい気持ちもあって、あまり騒ぎ立てないようにしたのね。おじいちゃんも亡くなっているし、おじいちゃんとおばあちゃん、それぞれのきょうだいもすでに他界していたから、お葬式はこぢんまりとしたものになったし、いちおう「菅野俊枝」の名前でできたから、まわりには気づかれなかったと思う。

だけど、役所仕事は基本的に戸籍名に基づいて行われるものだから、当然、死亡診断書には変更されたあとの「土屋俊枝」で記入されたし、火葬場に提出する死体検案書にもその名前が書かれていたわ。何だか変な感じだった。

おじいちゃんが亡くなったあと、おばあちゃんはここで一人暮らしをしていた。それで、四十九日を終えてから、片づけを兼ねて何か手がかりを見つけようと思い立ったの。そう、おばあちゃんがどうして旧姓に戻したか、の謎解きの手がかりを。お母さんにも協力してもらうつもりだったけど、お母さんは拒《こば》んだのね。死んだあととはいえ、娘として母親の心の中をのぞくのが気恥ずかしくもあり、怖くもあったのかもしれない。

それはともかく、配偶者の死後に旧姓に戻せることを知らなかったわたしは、まず法律を調べてみたの。民法第七百五十一条に「生存配偶者の復氏等」という項目があって、そこにはこう書かれている。「夫婦の一方が死亡したときは、生存配偶者は、婚姻前の氏に復することができる」ってね。

離婚したときだけじゃなくて、相手が死んだときも旧姓に戻すことができる。期限は設けられていなくて、一年後でも三年後でも大丈夫。そういう法律を知らない人は多いんじゃないかしら。

えっ、前田さんは知ってたの？　何だ、そうなの。でも、そうだよね。いちおう、法学部を出ているんだもの。えっ？　そんなの関係ないって？

おばあちゃんは、確かに市役所に復氏届を出していた。つまり、婚姻前の氏、いわゆる旧姓に戻ったわけだけど。そして、それに連動して健康保険証や年金関係の書類などの名前も変更になったのね。そのあとのことはくわしく日記には書かれていないけど、すべての手続きを終えるまでにはけっこう時間がかかったかもしれない。それだけの面倒な手続きを八十八歳の老女がしたってことは、それなりの深い思い入れと理由があったからってことでしょう？

それから、いろいろ調べてみて、女性のあいだで「死後離婚」って言葉が流行《はや》っていることを知ったの。配偶者が死んだあとに、姻族関係終了届を役所に提出することによって、死んだ配偶者の親族との関係も終わらせることができるんですって。おもに女性の側から出されていると言うから、死んでからも夫の親戚《しんせき》から嫁扱いされるのはたまらない、法的に関係を絶ってすっきりしたい、そういう女性が増えているのね。「死んだ夫や姑《しゅうとめ》と同じお墓に入りたくないから」っていう理由で提出する女性もいるとか。

でもね、おばあちゃんの場合は、提出されていたのは復氏届だけで、姻族関係終了届は出されていなかったの。もっとも、死んだおじいちゃんの親戚もかなり少なくなってはいたんだけどね。お母さんは、法律関係のことなんかまったく知らなかったし、わたしが説明しても聞く耳を持とうともしなくて、ただ感情的になってしまったの。おばあちゃんが旧姓に戻したことを、「夫を裏切ったことになるんじゃないか」って解釈して、「お母さんは、本音ではお父さんを嫌っていたんじゃないかしら」なんて泣き出して。

だけど、わたしにはそうは思えないの。だって、おばあちゃんは、おじいちゃんが死んだあとも仏壇で手を合わせては、「わたしもいずれあなたのそばに行きますからね」って語りかけていたのよ。おしどり夫婦で有名だったし、孫のわたしの目にも、二人はとても仲のいい夫婦に映っていた。おばあちゃんはおじいちゃんのことを愛していたはず。だから、おじいちゃんのことが嫌いになって、菅野姓から土屋姓に戻したわけじゃないと思うの。

おじいちゃんのことが嫌いになったんじゃなかったら、どうして土屋姓に戻したのか。考えられるのは、ほかに好きな人ができたから？　わたしもミステリー好きだから、そういう推理もしてみたの。その人のことが好きで、彼に操《みさお》を立てるために死んだ夫の姓である菅野姓を捨てた、ってね。でも、生前、おばあちゃんに好きな男性がいた気配《けはい》はなかったし……あっ、氷川きよしファンではあったけどね。だけど、そんな推理は突拍子もないでしょう？

じゃあ、ほかにどういう推理が可能か。なぜ、おばあちゃんは菅野姓から土屋姓に戻したのか。おばあちゃんの心の謎を解く鍵として、家の中に残された手がかりを探してみたんだけど。

日記にもあるように、おじいちゃんが亡くなってから、おばあちゃんは本や衣類など不要なものを少しずつ処分してきたの。「人生のお片づけ」とは、要するに「終活《しゅうかつ》」のことね。それでも、処分したくないものも、どうしても捨てられないものもある。それで、家の中を整理しながら集めてみたのが、写真や本や新聞の類《たぐ》いなの。おばあちゃんは、結婚するまでに何度か引っ越して、火事に遭《あ》った家もあったとかで、小さいころの写真は残ってないのね。写真のほとんどは、おじいちゃんと結婚してからのもので、最近の写真はわたしが撮ってあげたものばかり。だから、写真は手がかりにならないと思う。

不思議なのは、新聞。この家では、昔から全国紙の毎朝新聞を購読していたのに、それがあるときなぜか地方紙に切り替わった。十月十一日の日記に「新聞社にも電話した」とあるけど、そのときに毎朝新聞をとるのをやめて、長野県の信濃《しなの》日日新聞に切り替えたみたいなの。地方紙だから、三日分くらいまとめて郵送されてくるんだけど、それも手がかりの一つだから、おばあちゃんの死後も購読は継続してる。どうして、こんな地方紙なんか購読することにしたのか。それも謎の一つなのよ。

4

「ふーん、なるほど」

話し終えた理央がテーブルや床に並べたアルバムと新聞紙の束を眺めて、前田は大きくうなずいた。

「このほかにも、奥の本棚には吉川英治や池波正太郎や藤沢周平の文庫本がそれぞれ十冊ずつくらい、植物図鑑などもあるわ。おじいちゃんは時代小説や歴史小説が大好きでね。思い出の品として、おばあちゃんは捨てられずにいたんじゃないかしら。ほら、それだけおじいちゃんを愛していたってことでしょう？　いちおう中に何か挟まっていないか、一冊ずつ調べてみたけど、手がかりになるようなものは何も見つからなかったわ」

「ふーん、なるほど」

同じセリフを繰り返して、前田は考え込んだ。この人、本当に推理能力があるのかしら、と理央は疑わしくなって、祖母の家に招き入れたことを少し後悔し始めていた。「婚活・恋活パーティーのトラブル集」というネットのサイト記事を思い出したからだ。そこには、初回でカップリングしたら、最初のデートの場所選びが肝心、それがその後の運命を左右する、と書かれてあった。

「本当に、大丈夫なの？　謎解きできるの？」

上目遣いに問うた理央を、

「ちょっと黙ってて」

手で制すると、前田は「自分に三十分ください」と、どこかの推理ドラマの名探偵が言ったようなセリフを口にした。

「はいはい、わかりました」

その態度にムッとした理央は、台所に行った。ダイニングテーブルに着き、読みかけの綾辻行人の文庫本を開くと、ちらちらと前田のほうを見ながら本を読むふりをする。

きっちり三十分たつと、「謎が解けました」と居間で声が上がった。

「本当に解けたの?」

文庫本を閉じて、理央は居間に戻った。読書はまるで進まなかった。

「まずはこの日記だけど」

ごほん、と一つ芝居がかった咳払《せきばら》いをすると、前田は日記帳を開いた。「この五年日記は、君のおばあさんが亡くなったら孫娘の君が引き継ぐ、そういう前提で書かれているよね」

「まあね」

祖母の遺志はきちんと受け継ぐつもりでいる。

「だったら、おばあさんは、自分の死後、君が読むことを大前提に書いているはずだ。だからこそ、『迂闊』なんてむずかしい漢字も辞書で引いてきちんと書いている。ああ、自分も書けるけどね。漢検一級を持っている」

さりげなく自慢話をつけ加えて、前田は言葉を紡《つむ》ぐ。「すなわち、ここには謎を解くための手がかりもいっぱいちりばめられている。頻繁《ひんぱん》に出てくる『お片づけの人生』『人生のお片づけ』という言葉。二度出てくる『心の中に置き忘れた大きなお荷物』という言葉。それらが謎解きの重要なキーワードになるね」

「それは、言われなくともわたしにだってわかるわ」

「しかし、この日記、十月十四日以降、おばあさんが倒れる前日までの記述には、いっさい心の中のひとりごとは含まれていない」

理央が口を挟んだのを無視して、前田は口調を変えずに自分なりの推理を続ける。

「十月十三日の日記に『明日からわたしは、生まれ変わったわたしになる』とあるけど、まさに君のおばあさんはその日を境に生まれ変わったんだよ。翌日からは日記の内容をがらりと変えて、スーパーで買ったものの値段とか、テレビの番組名とか、簡単な記述しかしなくなった。そうだろう？」

「ああ、そうね。日記をメモや家計簿がわりにしているみたいね」

理央は、前田から日記帳を受け取ると、改めて確認した。十月二日の日記には「いままでつけていた家計簿もみんな捨ててしまった」とあるから、捨ててしまった家計簿の役目を日記帳に負わせたのだろう。

「日記の日付順に、おばあさんの心の変化を見てみよう」

　そう言って、前田は理央から日記帳を取り戻した。

「そもそも、しまったままでいた日記帳をつけようと思い立ったのは、健康な歯を褒められたことで勇気をもらったからだろう？　それがおばあさんの背中を押し、前向きな気持ちにさせた。十日の日記に、『ついに行動に移すことにした』とあるけど、それは、人生の最終的なお片づけをすることを決めた、という意味だろう。ずっと心残りだったことを実行に移そうと決めたんだ」

「ひととおり読めば、おばあちゃんの心の変化はわたしにだってわかる」

　別にそんなにていねいに説明してもらわなくとも、と言いかけた理央を、

「まあ、回りくどい説明をするのは、自分の頭の中を整理するためでもあるんだよ。推理小説ではよくある展開じゃないか。ちょっと我慢して」

　と、前田はふたたび手で制した。

「とにもかくにも、十三日の日記にあるように、君のおばあさんは生まれ変わったんだ。生まれ変わって、新しい人間になったという意味で、姓も変えて土屋俊枝になった」

「旧姓に戻したんでしょう？」

「君はさっきから『姓を戻す』と言ってるけど、どうして、菅野俊枝から土屋俊枝になることが姓を戻すことになるのかな」

「だって、そうでしょう？　おばあちゃんの旧姓は土屋なんだもの。役所に提出したのだって、復氏届よ」

「形の上ではそうかもしれない。だけど、おばあさんの中では違うとしたら？」

「どういう意味？」

前田の言いたいことがわからずに、理央は首をかしげた。

「じゃあ、また日記に戻ろう」

ふう、とため息をついてから、前田は日記帳に目を落とした。「女性弁護士の興味深い話というのは、まさに復氏届のことだよね。たぶん、いま話題になっている『死後離婚』の問題を取り上げた番組で、姻族関係終了届や復氏届に言及したのだろう。パソコンやスマホを持たないおばあさんは、実行に移すと決めた次の日、図書館に行って、六法全書か何かできちんと法律的なことを調べたんだ。それで、復氏届には提出期限がないとわかって、決意を固めた。同時に、地方新聞をとることも決めた。その翌日に行ったのは、おそらく市役所だろうね。その次の日に行ったのは年金事務所か税務署か。まあ、そのあたりはくわしく調べる必要はないだろう。

君ならどう？　読み慣れた新聞の購読をやめて、地方紙を読もうと思い立つときはどういうとき？」

いきなり質問を向けられて、理央はうろたえた。が、ミステリー好きとしては、ここで言葉に詰まるわけにはいかない。

「それは、まあ、いろいろあるけど」

前置きしながら頭の中でせわしく推理を巡らせると、「その新聞で好きな作家の小説連載が始まったとか」と答えて、われながらいい推理だと悦《えつ》に入った。

「うん、それもあるよね」

深くうなずいておいて、「だけど、その可能性は消えた」と、前田はあっさりと否定した。「たまっていた信濃日日新聞を調べてみたけど、おばあさんが購読を始めたときは、すでに時代小説の連載が終盤にさしかかっていて、何とも中途半端な時期だった。いま連載されているのは若手作家の近未来が舞台の小説で、とても八十八歳の女性の好みだとは思えない」

「それじゃ、ほかのエッセイの連載とか？」

「その可能性も考えて調べてみたけど、一人が長期連載するようなエッセイはなかった」

「となると……新聞そのものに意味があるのかしら。つまり、長野県の新聞という点に」

何げなく口にした言葉だったが、

「君のおばあさんのルーツはどこ？」

と、顔の表情を明るくした前田に聞かれた。

「おじいちゃんが生まれたのは東京の赤羽で、おばあちゃんは埼玉県だけど、二人はお見合い結婚だったとか」

「長野県に親戚はいない？」

「親戚？　聞いたことがないわ。法事の集まりに『信州の出身です』なんて人が現れた記憶もないしね。でも、遠い親戚まではわからないわ。というより、おばあちゃんの昔のことなんて、あんまりよく知らないの。いまになってみれば、もっとたくさん話を聞いておけばよかったと思うけど」

「土屋という姓は、長野県の佐久地方や上田あたりに多いんだよ。長野県出身の土屋隆夫という推理作家がいてね、自分、古本屋で探して読んでいる。神田の古書街を歩くのが好きなんだ」

「へーえ、そうなの」

理央は、その作家のことは知らなかったが、前田の趣味が古本屋巡りと知って、彼に対するポイントが上がったのは事実だ。

「だけど、長野県に土屋という姓の親戚がいたとして、それがおばあちゃんとどうつながるの？」

「先を急がないで」

三たび手で制してたしなめると、前田は、「さっきの疑問に戻ろう。なぜ、地方紙を購読するのでしょう」と質問を投げかけておいて、「それは、地方紙にしか載っていない情報を入手するためです」と自ら答えを出した。

「地方紙にしか載っていない情報って……もしかして、訃報欄《ふほうらん》？」

口にしながら、理央もすぐに閃いた。われながら頭が冴《さ》えている。

「そう、訃報欄だよ。お悔やみ欄とも呼ばれるけどね。長野県は、北信、南信、中信、東信の四つに分かれていて、訃報欄では県内全域の情報が見られる。いつどこで誰が亡くなったか、葬儀はどこでいつ行われるのか、喪主《もしゅ》は誰かなどの情報が掲載されている」

「おばあちゃんは、誰かの訃報を知りたかったの？　それは、おばあちゃんと同世代の人よね。いつ亡くなってもおかしくないような高齢の人」

さっき前田が言ったように、理央も言葉にしながら頭の中を整理していく。「それが、土屋という姓の人？」

「そういうことだね。そして、ほぼ百パーセント、それは男性だよ」

理央に向けられた前田の目が鋭くなった。

「おばあちゃんは、その……土屋という男性を好きだったの？」

「君のおじいさんと出会う前、と考えていいと思う」

うん、とうなずいてから、前田は静かに言った。

「もしかして、初恋の人だったりして」

「その可能性が高いね。君のおばあさんの年齢だと、男の人たちは戦争に行った最後の世代かもしれない。互いに好意を持っていても、いろんな事情があって一緒になれなかったケースはたくさんあるだろう」

「そうね。おばあちゃんとその土屋さんって男性は、遠い親戚同士で、昔から惹かれ合っていたと考えることもできるわね」

前田の推理に誘導された形で、頭の中で年老いた男女のデート場面を思い浮かべた理央は、ハッと胸をつかれた。「だけど、待ってよ。それだけで、おばあちゃんと土屋姓を結びつけるのは強引すぎない？　それに、土屋という男性がおばあちゃんの初恋の相手だとして、男性の寿命は女性より短い。新聞で訃報を確かめる前に、もう亡くなっている可能性もあるじゃない」

「そうだね」

そこに気づいた君はえらい、とでも言うように受けてから、前田は足元から新聞の束を取り上げた。「この中に、君のおばあさんが捨てられなかった新聞がある。たまった新聞は定期的に捨てていたようだけど、調べてみたら、中に以前とっていた全国紙が混ざっていた。しかも、日付は去年の九月八日。かなり前のものだ」

「おかしいわね。わたし、ここには粗大ゴミの処分に通っていたのよ。たまった新聞紙も束ねて回収業者に出していた。去年の九月の新聞紙は、月末にまとめて出したはずなのに」

「おばあさんは、この新聞だけ捨てられなかったんだよ」

前田は、二つ折りにされた去年の九月八日の毎朝新聞をテーブルに載せた。

「この中にヒントがあるの？」

紙面を広げて見始めた理央に、

「読者の投稿欄を広げてごらん」

と、前田が指示した。

読み慣れた新聞なので、すぐに見つけることができた。「交流」という投稿欄ページにいくつか読者の投稿が掲載されている。その一つの名前に目がとまって、理央は、思わず「あった」と声を発した。

――無職　土屋太郎《たろう》（長野県　90）

土屋太郎の投稿の見出しは、「人との出会いを求めよう」で、ひと月ほど前に掲載された「なぜ読書をしなければいけないのか、その理由を教えてほしい」という二十歳の男子大学生の投稿への返事として採用された形だった。

――本は出会いの場である。私は読みたい本も満足に読めない青春時代を過ごしたが、平和な時代を迎えてたくさんの本に出会った。一度も海外に出たことはない私が14世紀のイタリア人のダンテに出会い、19世紀のロシア人のドストエフスキーに出会えた。かように、本の中では時空を越えてさまざまな人に出会える。

投稿の内容をまとめるとそうなる。

「この土屋太郎さんが、おばあちゃんの初恋の人？」

「だろうね。少なくとも、君のおじいさんと出会う前に好きになった人に違いない」

そう言って、前田は身を乗り出した。「この投稿を読んで、君のおばあさんは、土屋太郎が同姓同名の別人ではなく、自分の初恋の人だと確信した。おばあさんの知っていた土屋太郎さんは、相当な読書好きだったんだろうね」

「だから、結婚相手に読書好きなおじいちゃんを選んだのね」

なぜ、初恋の土屋太郎と結ばれることができなかったのか。戦争という暗くて複雑な時代背景が影響していたのだろう。

「去年の九月の時点で、土屋太郎さんは九十歳。初恋の人が存命であり、新聞に投稿できるくらい頭がしっかりしていることを知ったおばあさんは、心が騒いだのだろう。すでに伴侶《はんりょ》を失っている。初恋の人のことをそっと想《おも》ったとしても裏切りにはならないと考えたのかもしれない。それで、彼が住む長野県の新聞をとることに決めた。そこの訃報欄に目を通していれば、彼の無事がわかるからね。もし訃報欄に彼の名前を見つけたら、そのときはどうするつもりだったのか……」

「訃報が載らないあいだは生きているってことでしょう？　おばあちゃんは、たまたま自分の旧姓が初恋の人の姓と同じなのを利用して、土屋姓に戻すことによって、土屋太郎さんのお嫁さんになった気分でいたかったんじゃないかしら。それが、おばあちゃんにとっての人生の最後のお片づけで、気持ちの整理をつけるためだったんだと思う」

「そうだね。君のおばあさんは、初恋の人とひそかに結婚したかったんだよ」

5

五月二十一日（月）

今日からおばあちゃんの日記を引き継ぐことにした。昨日、前田さんとは三度目のデートをしたが、わたしの中にはまだもやもやしたものがある。彼は、本当におばあちゃんの心の謎を解いたことになるのだろうか。おばあちゃんの家で彼が展開させた推理は、あくまでも推測であって、事実だと立証されたわけではない。何だか、ずっとだまされているような気分だ。

五月二十五日（金）

スマホのメモ機能があれば日記をつける必要はない。紙の手帳も使っている。でも、この日記をつけることはおばあちゃんの供養《くよう》にもなると思うから、できるだけつけたい。前田さんのことを好きなのかどうか、正直、わからない。ときめきはまだ生まれない。しかし、一緒にいて話題が尽きることはない。

六月五日（火）
おばあちゃんの家に不思議な郵便物が届いた。玄関には「菅野」の横に小さく「土屋」と並べて表札を出している。菅野俊枝にあてた手紙の差出人は、長野県上田市の土屋亜衣《あい》とあった。以下、文面を転記する。

前略　突然のお手紙をお許しください。わたしは、土屋太郎の孫の土屋亜衣と申します。このたび、先日亡くなった祖父の遺品の整理をしていたら、エンディングノートが見つかりました。その中の項目に「友人知人一覧」と「その他の連絡先」というのがあるのですが、その他のほうの最後に「菅野（土屋）俊枝」という名前があり、そちらの住所が記されていました。ところが、誰もその名前に心あたりがないのです。

六月六日（水）
（続き）祖母は二年前に亡くなっておりますが、祖母の知り合いにもいない名前です。（土屋）とあるので、祖父の親戚の方だろうかと思い、親戚筋にも当たってみましたが、昔のことをよく知る者が残っておらず、わからずじまいでした。いずれにせよ、エンディングノートにあったのだから、生前、祖父と何らかのかかわりのあった方だろうと察し、こうして祖父の死をお伝えしたほうがいいと考えました。葬儀はすませてしまいましたが、いちおうお知らせいたします。九十歳を越えても祖父は元気で、本を読んだり、新聞を読んだりして過ごしていましたが、先月九十一歳の誕生日を迎えたあたりから徐々に体力が衰えていきました。大往生でした。その旨《むね》を菅野（土屋）俊枝さまにお伝えいただけたら幸いです。　草々

六月九日（土）

前田さんと神田の古書街を歩いた。古書街を歩く彼は、何だかすごく生き生きしていた。謎が解けたことを立証できたからだろうか。「土屋太郎さんがどうやって君のおばあさんの住所を知ったのか、それがまだ謎として残っている」と言っていた。土屋太郎の妻も二年前に亡くなっているという。土屋太郎は独身だったということだ。新聞に投稿するほどの行動力がある男である。独自の方法で、初恋の人の住所を突き止めたのかもしれない。おばあちゃんが生きているあいだに手紙を送ってくれればよかったのに。大正生まれの男らしいというか……。改めて信濃日日新聞を調べてみたら、訃報欄に「土屋太郎」の名前が載っていた。それを確認したの

ちに購読を中止した。

六月十日（日）

今日、前田さんとはじめてディズニーランドに行った。

スペースマウンテンに乗った前田さんは、びっくりするほどはしゃいでいた。ひとまわりも年上なのに、その姿をわたしは可愛いと思った。

わたしは、前田さんにときめきを感じ始めたのだろうか。

紙上の真実

ぼくの家

1

四年二組　田中翔麻《たなかしょうま》

「翔麻の家はみんなと違うよな」

「おまえの家は変わっている」

と、ぼくは友達によく言われます。

でも、自分では変わっているとは思いません。なぜなら、お父さんとお母さん、ぼくと弟の四人家族で、普通に幸せに生活しているからです。

みんなと違っているのは、名字だけです。お父さんとお母さんは、名字が違います。ぼくはお母さんの名字を、弟はお父さんの名字を名乗っています。

「それがおかしいんだよ」

と、このあいだ友達に言われました。

普通の家は、お父さんとお母さんが同じ名字で、子供たちもみんな同じ名字のはずだと言われました。

男の人と女の人が結婚したら、どちらかの名字――姓とも言います――を選ぶのが普通だとか。そのことは、ぼくも知っています。法律がそうなっていることは。

そして、女の人が男の人の名字にするのが普通だとも言われました。

だけど、うちのお父さんとお母さんは話し合って、いままでのおたがいの名字を使うことにしたのだそうです。

そうすることには、ちゃんと理由があったとも言っていました。

お母さんはぼくに、「お父さんとは病院で出会った」と話してくれました。お母さんが病院で名前を呼ばれたのがきっかけで、お父さんと話すようになったのだとか。

「おまえのお父さんとお母さんは、結婚していない」

そう言う友達もいますが、違います。

「法律婚」をしていないだけで、お父さんとお母さんは、ちゃんと結婚しています。じじつこん、と言うのだそうです。「事実婚」という漢字も教えてもらいました。

ぼくも大きくなって好きな人ができて、その人と結婚するかもしれません。そのときに、田中という名字をやめて、その人の名字にするかもしれないし、田中翔麻のままでいるかもしれません。それは、そのときになってみないとわかりません。

でも、名字が違うことで、お父さんや弟を家族でないと思うことは絶対にないし、お父さんと弟もお母さんやぼくのことを、家族でないと思うことは絶対にないはずです。

それだけは、誓って言えます。

ぼくたちは、仲の良い家族です。

2

介護職員に案内されて部屋に入ると、義母はベッドの上でまどろんでいた。

起こさないほうがいいだろうと思い、真弓《まゆみ》は、持って来た新聞と義母が入居前から定期購読している月刊誌をサイドテーブルに静かに置いた。

そのまま帰ろうとしたとき、

「田中さん？」

と、しわがれた義母の声が真弓を呼んだ。

「お義母《かあ》さん、すみません。起こしちゃいました？」

真弓は、ベッド脇にかがみこんだ。

「いいのよ。充分にお昼寝したから」

義母は半身を起こして、「ありがとう。読みたかったのよ」と、サイドテーブルの新聞と月刊誌に顔を振り向けると、「けさは、アメリカドルはどのくらい?」と聞いた。

「百二十二円くらいでしょうか」

「あら、そう。じゃあ、ユーロは?」

「ええっと、いくらでしたっけ。百三十……」

真弓が新聞を広げようとすると、

「いいわ。あとで、自分で見るわ」

と、義母はかぶりを振った。

その目が知的な色に輝くのを見ながら、真弓はホッと安堵した。今年八十三歳になる義母だが、まだ頭のほうはしっかりしている。朝刊の株式欄や証券欄などを広げては、東京外国為替相場を確認するのが日課になっている。歩行が困難になっているとはいえ、主要通貨の変動を見て世界経済の動向を知り、新聞を通じて社会とつながるのが、彼女なりの頭の体操になっているようだ。

長年、小学校の給食調理員として、夫の死後、女手一つで息子を育ててきた義母である。定年退職後も一人暮らしをしながら弁当店でパート勤めをしていたが、七年前に膝の手術をして体力が続かなくなり、仕事を辞めた。

真弓は、自分たち家族との同居を提案したが、「身体が動くかぎり、一人で自由気ままに暮らしたい」と、義母に断られた。

ところが、この夏、持病の気管支喘息《ぜんそく》が悪化した義母は、倒れて病院に運ばれた。そのときはすぐに退院できたが、心配になった周囲の勧めで、空調設備の整った有料老人介護施設に入居することになったのだった。食事は食堂で、入浴は共同浴場で、と決められているものの、個室での生活はプライバシーが保たれていて、読書好きの義母には快適に感じられるようだ。

「ああ、田中さん。今度、信矢《しんや》が来るときに、お父さんの本を持って来るように伝えてくれる?」

足りないものはないかどうか、ティッシュペーパーやハンドクリームなどの備品をチェックしていた真弓に、義母が言った。

「お父さんの本、ですか?」

「そう言えば、あの子はわかるから」

「わかりました」

微笑んで請け合って、真弓は部屋を出た。

義母には、夫の信矢と交互に届け物をしている。新聞社に勤務する信矢は出勤前に寄ることが多く、時間が自由になるライターの仕事をしている真弓は昼間に顔を出すことが多い。

——田中さん、か。

原稿を届けるために電車で出版社に向かう途中、鼓膜《こまく》に貼りついた義母の声がよみがえった。

義母は、一人息子の結婚後、妻となった真弓のことを決して名前で呼ぼうとはしない。「田中さん」と、その姓で呼ぶのである。一度だけ、「真弓さん」と呼んだことがあったが、口に出した直後、〈うっかり間違えた〉というようなきまり悪そうな表情になったので、真弓は聞こえなかったふりをした。

入籍していないのだから、正確な意味での「結婚」はしていないということ。そう見なして、「田中真弓」の田中姓で呼ぶのだろうか、と勘ぐったこともあったが、信矢によれば「違う。おふくろなりの考えがあるのだ」と言う。

「わたしがあなたの姓を選ばなかったから、気分を害して、ああいう形の呼び方で抵抗しているのかしら」

　そう聞いたときも、

「おふくろは、そんな意地悪をするような人間じゃない。おふくろなりの信念があるんだよ」

　という答えが返ってきた。

　婚姻届は出さずに、事実婚の形をとり、夫婦別姓を続けている真弓と信矢である。自分たちは「そうする正当な理由がある」と思っていても、周囲の理解を得るのはなかなかむずかしい。

　――翔麻もあんな作文を書いていたし……。

　真弓は、小学四年生になる長男の翔麻が国語の時間に書いたという作文を思い出した。祖母の血を引いて、読書が大好きな子である。本を読んで覚えた漢字もあり、まだ教わっていないはずの「誓う」という漢字を書いていたのに驚かされた。

　婚姻時に九十六パーセントの女性が男性の姓を選ぶという日本において、真弓と信矢は夫婦別姓を続けているのである。

　――子供たちが学校で奇異な目で見られないだろうか。

　そう危惧していた真弓だったが、少なくとも長男の翔麻は、周囲の雑音をはねのけるだけの強さを持っているとわかった。

問題は、次男の耕太《こうた》のほうである。小学校に上がったばかりの耕太は、早生まれで身体も小さい。気弱な性格でもあり、「おまえの家は普通と違う」「変わっている」「おかしい」と、まわりの友達から言われ続けたら、いまの生活に疑問を持つようになって、「ぼくもみんなと同じ普通の家族になりたい」と声を上げかねない。ましてや、耕太は父親の姓を名乗っている。PTA関係の会合に真弓が行き、姓の違いをクラスメイトたちが問題視するようになったら、という不安もある。

法律婚をしていない真弓たちの家庭では、父親の信矢が子供たちを認知する形をとっていて、親権はそれぞれ、翔麻は真弓に、耕太は信矢に与えられている。

いまのところ、校内ではとくに問題が起きたという話は担任から聞いていないが、自宅に遊びに来る翔麻や耕太の友達は、玄関に表札が二つ並んでいるのを不思議がる。

「いまならもう、わたしのほうが改姓してもいいけれど」

と、義母が倒れた直後、信矢に申し入れたこともあったが、

「いや、だめだ。ここまできたら、自分たちの信念を貫き通そう。婚姻時に、女性が改姓するのが普通という社会の風潮こそがおかしい」

と、信矢が首を横に振った。

もともと信矢は、日本の夫婦同姓制度に反対で、選択的夫婦別姓制度をいち早く取り入れるべきだ、という考えの持ち主だった。

——別姓が認められない法律であれば、そんな不寛容な法律に自分たちの生活を合わせる必要はない。夫婦だと国に認めてもらえなくともいい。婚姻届を出さずに、事実婚のままでいこう。

お互いを人生のパートナーにしようと決めたとき、信矢は真弓にそう言った。

先日、夫婦同姓を定めた民法の規定が憲法に違反するかどうかが争われた裁判で、合憲とする最高裁の判断が下されたときも、「ああ、やっぱり、世の中は遅れている。選択の自由も認めない社会なんて」と、信矢はがっかりしていた。

真弓のほうは、夫婦別姓にそれほど強いこだわりを持っていたわけではなかった。自分の母親がそうだったのだから、将来、結婚するときには夫の姓に合わせるもの、と思っていた。「田中真弓」の「田中」を、好きなアイドルタレントの名字と入れ換えて、ひそかにほくそ笑んだりしたものだ。

ところが、いざ、「一緒になろう」と信矢に迫られたときになって、真弓の中に迷いが生じた。「田中真弓」のままでいたい、と思った。

その一瞬の迷いを悟ったのか、信矢は、「無理してぼくの姓にする必要はないよ」と言った。それどころか、「いっそのこと、ぼくが君の姓にしようか」とまで譲歩してくれたのだ。

「あなたが『田中信矢』でいいのなら」

信矢の柔軟性ややさしさに惹かれ、真弓もその気になったのだが、それを阻止したのが義母だった。

――一人息子の信矢に、愛着のある姓を捨てさせたくない。

義母の強い思いもわかったので、ふたたび真弓は改姓を考えた。

しかし、それに強固に反対したのが信矢だった。

「少しでも違和感があるのだったら、改姓する必要はない。君は『田中真弓』のままでいるべきだ。ぼくも本来の持論に基づいた生き方をしようと思う。それが世の中を変えていくことにつながるだろうから」

と、信矢は、新聞社に勤めながら、選択的夫婦別姓制度を推し進める運動に参加することにしたのだった。

出版社のある地下鉄の駅で降りると、真弓は喫茶店に入った。コーヒーを飲みながら、渡す前の原稿をチェックする。

大小いくつもの出版社が集まり、古書店が建ち並ぶ界隈《かいわい》のせいか、店内は本や雑誌をテーブルに置いて打ち合わせをしたり、本を片手に待ち合わせをしたりしている人の姿でいっぱいだ。

真弓は、いまこの場所にいて、自分で書いた原稿に目を通しているのが信じられない思いでいた。信矢と一緒になる前は、ごく普通のOLで、進歩的な考えの持ち主でもなかったからだ。原稿を書くような仕事を与えられるようになろうとは、夢にも思わなかった。

「夫婦別姓の生活を実行している女性にインタビューしたい」

と、二年前に夫を通じて話があり、それに応じる下準備として、自分の手で簡単にまとめた原稿を渡したところ、

「あなたには文章力があるし、人の話を聞く力があるから、自分でも書いてみませんか？」

と、インタビューのあとに、先方の雑誌編集長に誘われたのだった。

いまは、婦人月刊誌で読者の体験談のページを担当している。夫のＤＶや嫁姑の確執、子供の不登校や引きこもりなどの家庭内の問題を主なテーマにし、編集部が独自のルートを用いて接触した女性に会って話を聞き、それを

手記の形でまとめるのが真弓の仕事である。

今回、担当したのは、三十九歳の真弓より二十歳以上年上の六十一歳の女性――渕上仁美《ふちがみひとみ》だった。週刊誌に「姑を放置し、餓死させた冷徹な嫁」と書かれた女性である。その記事だけを目にして、いまだに誤報を信じている人もいるだろう。

――彼女の汚名を晴らす手助けをしなければ……。

真弓は、熱い使命感に駆られてこの手記をまとめたのだった。

3

自分が両親の実の子ではなく、養子であると知ったのは、高校生のときでした。

それまでも、親戚が集まった席で、何となくわたしに向けられる視線がおかしいな、と感じたことはあったのですが、ある日、父方の遠縁にあたるおばさんがわたしをしげしげと見て、「やっぱり、あんた、お母さんの面影があるねえ」と言ったのです。それまで、父親似と言われたことはあったけれど、母親に似ていると言われたことは皆無だったし、面影という言葉に違和感を覚えたので、「どういう意味ですか？」と聞き返しました。そしたら、「あら、ごめんなさい。もう十七だし、とっくに本当のことを聞かされていると思ったから」と……。

改めて両親に問うたら、真実を教えてくれました。わたしは、二歳のときに、父方の遠縁から養子にもらわれてきた子だったのです。実の母は未婚のまま十代でわたしを身ごもり、世間体もあって生まれて名づけられてすぐに、遠縁の養父母が引き取ったという話でした。

当然、生みの親のことは気になります。しかし、教えてもらえたのは、母親の名前だけでした。いまは、家庭を持って幸せに暮らしているといいます。平穏な家庭を壊すつもりはありません。あちらからわたしに会いに来てくれないのなら、自分からは探さないでおこう。そう決めました。

けれども、実の母の姓は気になりました。結婚して現在は姓が変わっているにせよ、旧姓は「香川《かがわ》」で、その姓に合うようにわたしの名前をつけてくれたのだと思いました。

実の母に育てられていたら、わたしは「香川仁美」という名前だったのです。何だかいまの「渕上仁美」よりずっとすわりがいいように感じられました。「香川仁美」だったら、もっと違う人生を送れたのではないか、と想像してしまいました。

自分が養子だとわかると、それまでの人生を振り返って、なるほどと思い当たることが多々ありました。わたしには弟が二人います。わたしがもらわれてきたとき、家にはすでに一歳になる弟がいました。その二年後に、また男の子が生まれました。

養父母は、わたしを養子にした理由を「女の子が一人はほしかったから」と言いましたが、たぶん、それは、将来、家に長く置いて手伝いをさせるためだったのでしょう。

なぜ、そう思うに至ったかというと、小さいころから同居していた祖父母にも厳しくしつけられて、家の手伝いをさせられていたからです。養父母の家は兼業農家だったから、果樹園や畑仕事などいつでも人手はたくさんいります。それでも、弟たちは学業優先で、わたしだけ学校の宿題よりもまず手伝いが先だったので、不公平だと感じてはいました。

――女の子だから仕方ないか。

そう思って諦めていたのですが、最初から働き手としてカウントされていたとわかれば合点がいきます。

十八になって将来の進路を決めるときに、養父母に失望しました。

「看護婦になりたい」

そう夢を語ったわたしに、

「女のおまえを専門学校に行かせる金はない。うちには男の子が二人もいる。二人を大学まで出すのに金がかかるから」

と、養父は冷たく言い放ち、隣で養母もうなずきました。

和歌山の片田舎にいて、いまのようにインターネットで簡単に情報収集もできない時代です。専門学校に行くとなれば、家を出ることになります。奨学金のことも調べてみましたが、家からの援助がなければ、自分一人で働きながら生活費を稼ぎ、学費も用立てるのは不可能です。

わたしは、泣く泣く看護師になる夢を断念し、養父母の知人の紹介で農業組合の事務の仕事に就きました。職場と家を自転車で往復し、家に帰れば、遅くまで果樹園や畑仕事に出ている養母にかわって食事のしたくなどの家事をする、そんな毎日でした。

男の人との出会いなどないものと思っていました。いつかまた、養父母の知人か親戚の紹介で誰かと見合いをさせられるのだろう、と。

ところが、奇跡的に主人と出会ったのです。

彼——仁村正彦《にむらまさひこ》さんは、東京から地方の農業組合に短期研修に来ていた人で、現在は市町村合併で違う市名になっている町役場に勤務する公務員でした。最初に見せられた名刺に「地域振興」とか「観光課」と書いてあったように記憶しています。

研修時にはふたことみこと話しただけですが、研修を終えて帰った正彦さんから組合のわたしあてに手紙がきたのがきっかけで、文通が始まりました。とても字のきれいな人で、こんなきれいな字を書く人に悪い人はいないと思いました。あとで聞いたら、正彦さんも〈こんなにていねいな字を書く人は、性格も几帳面《きちょうめん》で穏やかに違いない〉と思ったそうです。

半年ほど手紙のやり取りをしたあと、いきなり正彦さんは和歌山にやって来て、わたしに結婚を申し込みました。びっくりしたのは養父母です。手紙は職場あてで、しかも業務用の封筒を使っていたので、職場の人たちもラブレターだとは気づかなかったのです。

「うちの仁美は、東京なんて遠くにはやれない。近くに住んでもらわないと困る」

当然のように、養父はわたしたちの結婚に反対しました。

「少なくとも、弟二人が自立するまでは家にいて、家のことをいろいろやってもらわないとね」

と、養母も渋い顔をして言います。

彼らにどんなに反対されようと、駆け落ちしてでも一緒になる覚悟を決めていました。

当時のわたしには、正彦さんが息の詰まる狭い社会から自分を救い出してくれる王子様のように見えていたのでしょう。養父母の態度が伝染したかのようにわたしを家政婦のように扱う弟たちのことも、好きではありませんでした。

とにかく、一刻も早く、家から逃げ出したかったのです。それには、結婚という手段が一番手っ取り早いと思っていたところ、幸運にも自分を奪ってくれる人が現れたのですから。

――結婚に際して何の援助も持参金もいりません。将来発生するかもしれない相続もすべて放棄します。

わたしは、養父母にそう言い放って、半ば駆け落ちのような形で彼のところへ旅立ちました。

二十一歳の春でした。

4

正彦さんのことは大好きでしたし、一時でも離れたくなかったので、婚姻届を出すときは天にも昇るような心地でした。でも、ほんの少し気になったのは、正彦さんの姓が「仁村」なので、わたしの名前とくっつけると「仁村仁美」になって、名字と名前に同じ漢字が入ってしまい、何とも間の抜けた感じになることでした。

「何かおかしぃよね」

「でも、まあ、読み方が違うからいいか」

婚姻届を見ながら、わたしたちは顔を見合わせました。

世の中には、結婚によって、ぎくしゃくする組み合わせの姓名の女性がたくさんいるのだろう、とそのとき感じた憶えがあります。水田さんと真里さんが合体して「みずたまり」さんとか、原さんと真紀さんが合体して「はらまき」さんとか。ふと、どうして、結婚するときは女性が男性の姓に変えるのだろう、と思いましたが、そうした疑問がわたしの頭をよぎったのもほんの一瞬のことだったのでしょう。結婚すれば、女性のそれまでの姓が「旧姓」になるのは当然、と思っていましたから。

結婚して住んだのは、正彦さんの実家でした。そこは、東京といっても二十三区外の田園風景の広がる丘陵地帯を切り開いてできた街で、まわりの光景はある意味、わたしが住んでいた和歌山よりもずっと田舎でした。わたしが思い描いていた東京のイメージは、もっと華やかな街だったので驚きました。それでも、東京は東京です。少し歩けばバス停があり、バスに乗れば駅に着いて、電車に乗れば都心に出ることができます。

「慣れないことばかりで戸惑うかもしれないけど、心配しないで。俺がついているから、大丈夫だよ」

夫の正彦さん以外に頼れる人のいない地に嫁いでしまったのです。

彼の祖父母と両親、まだ結婚しない姉がいる家庭に入るのに不安がなかったと言えばうそになりますが、愛する正彦さんがそばにいてさえくれれば大丈夫、何とかやっていける、とわたしは信じていました。

祖父母は七十代で、自宅の裏の畑に出る体力があり、結婚当時はまだ元気でした。義父は地元の建設会社に勤めていて、義母は町内のクリーニング店でパート勤めをしていました。

その家庭にわたしは専業主婦として入ったわけですが、何とも謎めいていたのが義姉の存在でした。毎朝、きれいな服を着て自分のものらしい軽自動車で出かけて行くのですが、どこでどんな仕事をしているのか、聞いても家族の誰も教えてくれないのです。夜、寝室で正彦さんに聞いても、「姉貴のことは、しばらく放っておいてやってくれないか」と言うばかりです。

誰もが腫れ物に触るように義姉に接していました。毎朝、車で出勤し、判で押したように同じ時刻に帰宅するのですが、家には一円も入れてくれないのです。家族の食事を任されているわたしとしては、それでは困ります。正彦さんを通じて義姉に食費を入れてくれるように頼んでもらおうとしたとき、ようやく義姉が封印したがっていた過去が判明しました。

義姉は、過去に一度結婚詐欺に遭っていたのです。騙されてかなりの額を男に貢いだそうですが、信じていた男に裏切られたことで心を病み、自殺を図ったのだそうです。未遂に終わったものの、心に負った傷は簡単には治らないのでしょう。毎日通っているのは、精神科のあるクリニックや行政機関が開いている相談室のようなところで、隣近所に、義姉がどこかに通勤していると思わせるのが目的だということもわかりました。そういう点は、体裁を気にする家族なのだな、と思いましたが、同じ女性として傷ついた義姉に同情は覚えました。だから、心の病気が治癒するまでは静観するつもりでした。

とはいえ、どうにも我慢がならないのは、義姉の部屋の乱雑さでした。きれいに装って外出するくせに、義姉は自分の部屋はどんなに散らかっていようと平気なのです。そして、「あなたは家にいるからそれが仕事でしょう?」と、居丈高にわたしに掃除を言いつけます。ストレスがたまるのでしょうか、義姉の部屋には夜中に食べたらしいお菓子の空き袋やカップ麺の容器などが転がっています。それだけならまだしも、脱ぎ捨てた靴下や汚れた下着類まであります。洗濯するためにそれらを拾い集めていると、虚《むな》しさと嫌悪感でいっぱいになります。

「いくらわたしが主婦だからって、こんなことまで……」

と、正彦さんに愚痴をこぼしたら、

「仁美に心を許している証拠じゃないか。他人には恥ずかしくて見せられないところを、家族だから安心して見せているんだよ」

と、正彦さんは苦笑しながら言いました。

そうか、と目から鱗《うろこ》が落ちました。わたしは家族の一員として受け入れられたのだ。そう思えば、義姉の態度にも寛大になれます。そして、やっぱり、この人と一緒になってよかった、とやさしい正彦さんに惚れ直しました。

「家族」という言葉から、理想とする家族を作るのだ、という思いも強くなっていきました。早く子供がほしい。生まれた子供は自分の手で育てたい。養子として育ったわたしは、家庭への渇望が強すぎたのかもしれません。

なかなか子供には恵まれず、妊娠の兆候があったのは結婚して四年目でした。義姉はまだ家にいましたが、相談室に通うことはもうやめていました。飽きっぽい性格なのか、紹介された仕事が長続きせず、職場を転々とし、ついには話があっても行動を起こそうとしなくなりました。家にいても家事を手伝うことは一切せず、ただぼんやりとしているだけなので、いるだけ邪魔で、わたしは内心では〈早くお嫁に行ってくれればいいのに〉と望んでいました。

相変わらず、家の中ではお客さま扱いされている義姉です。日中は、正彦さんも義父母も仕事に出かけてしまいます。祖父母は孫娘にあたる義姉を甘やかし放題です。

なるべく義姉の存在を気にしないように、買い物から洗濯、掃除、料理、と家事をこなしていましたが、義姉のほうは弟の嫁であるわたしのお腹がだんだんと膨らんでいくのが目障りだったのでしょうか。あるいは、同じ女としてあせりを感じたのでしょうか。わたしの存在がストレスになったらしい義姉は、当時、急速に社会に広まったカタログ通販で次々と品物を購入するようになったのです。本人に支払い能力はないものだから、当然、正彦さんが肩代わりすることになります。義姉の部屋には封を開けないままの箱がたまっていきます。明らかに購入するだけで満足しているのがわかります。

当時はそんな言葉は知らなかったのですが、いま思えば、あれは「買い物依存症」でした。購入品が高額になっていけば、家計にも響きます。

正彦さん以外は義姉に強く言えないので、正彦さんから注意してもらいましたが、それでまたわたしが恨まれたのでしょう。

数日後、デパートから家に届いた大きな荷物に仰天しました。背丈くらいある箱で、伝票を見てもカタカナで書かれているので、中身がよくわかりません。その日、義姉は外出していました。家にいた八十歳近い祖父母に頼むわけにはいかず、とりあえず、わたしは玄関をふさぐ形の箱を動かそうと試みました。ところが、想像以上に重量があり、少し持ち上げただけで腰を痛めてしまいました。

それが原因だったのかどうかはわかりません。その場で出血したわけでも、寝込んだわけでもなかったので。でも、その二か月後に流産に至ってしまったのは事実でした。

義姉がデパートで配達を頼んだのは、部屋の間仕切り用の籐《とう》製のスクリーンでした。どこでどう使おうとしていたのでしょうか。結局、それも義姉の部屋に畳まれた形で置かれたままでした。

「妊娠しても十パーセントは流産するそうよ。あなたもその十パーセントに入っただけのことでしょう？」

病院で手当てを受けて自宅に戻り、横になっていたわたしに義姉が言いました。

「何だよ、その言い方は」

その義姉に対して気色ばんで言い返したのが、正彦さんでした。

正彦さんが怒った顔を見たのは、それがはじめてでした。

「姉貴、仁美に謝ってくれよ」

とまで正彦さんは言い迫ってくれます。

「いいのよ。やめて」

正彦さんをなだめようとしたわたしに腹が立ったようで、

「出て行けばいいんでしょう？　ここはわたしの家だけど、いいわよ。出て行くわよ」

と、義姉は弟ではなく、嫁のわたしに向かって怒気を含んだ声で言いました。

そして、本当に、翌日、義姉は荷物をまとめて出て行きました。

5

義姉が家を出て三か月後に、義母から「あの子は男の人と一緒に住んでいる」と報告がありました。義姉とは連絡を取り合っている様子なのは知っていました。そこそこ見栄えのいい義姉です。男の人がいても不思議ではありません。

「きちんと結婚するのなら、そうすればいいのに」

と、姉が出て行くきっかけを作った正彦さんはばつが悪そうに言いましたが、入籍したら連絡がくるだろうとわたしは思っていました。

義姉がいなくなって、家の中は平和に静かになりました。また子供に恵まれますように、とわたしは祈っていましたが、残念ながら兆しのないままに月日がたちました。

家庭の平和というのはなぜ長続きしないのでしょう。数年が過ぎたころ、ほぼ同時に祖父母に変化が表れました。まず祖母にいまで言う認知症の兆候が見られ、祖父の持病の糖尿病が悪化し、片足を切断することになりました。

手術を終えて退院した祖父は車椅子生活になったため、手がかかります。義母は、パート勤めを辞めて介護にあたる、と言いましたが、悪いことは重なるもので、義父が勤めていた建設会社が倒産してしまいました。新たな仕事が見つかるまで、少しでも収入のある仕事を手放すわけにはいきません。昼間はわたしが一人で二人の介護をする日もあり、くたくたに疲れて倒れこむこともありました。それでも、休みの日は、「おまえは少し休んでいなさい」と、正彦さんが気遣ってくれたりしたので、それだけで苦労も報われたのです。

永遠に続くかとも思われた介護の日々でしたが、結局、祖母に続いて祖父も九十代という高齢で看取ったときは、結婚から十五年が過ぎ、わたしは三十六歳になっていました。義父母はすでに年金生活に入っていました。

流産したあとはふたたび妊娠の兆しもなく、子宝には恵まれないのではないか、ともう諦めていました。正彦さんも「授からないのなら授からないでいいよ。おまえがいればそれでいい」と、やさしい言葉をかけてくれます。

自分が養子として育ったので、わたしの中に養子をもらうという選択肢はありませんでした。実家には寄りつきもしませんでしたが、家を出た義姉に子供が二人いることは知っていました。義母だけがたまに外で会っていることも。わたしは、正彦さんが「仁村家を絶やさないために、姉の子供をいずれ養子に」と言い出すのではないか、と恐れていました。

――いまは没落したが、昔はかなり土地を持っていて、由緒ある家柄だったんだ。

と、亡くなる前に祖父が話していたからです。

義姉が子供たちを連れて実家に戻って来たら、わたしの居場所がなくなる。そんな危機感を覚えていたのです。

――自分に自信をつけて、もっと強くならなくてはいけない。主婦として生きるだけでなく、介護経験を生かしてもっと知識を身につけ、自立できるように力をつけなくては、と思いました。看護師になりたかった夢も思い出しました。いまから看護学校に通うのは無理だろうか。いや、遅くはない。しかし、なかなか正彦さんに切り出せずにいました。

あのとき、自分の思いを正直に正彦さんに伝えていたら、少しは気持ちが軽くなったのではないか、と正彦さんの死後に何度も考えました。

年が改まり、都心に珍しく雪が降った日の朝、正彦さんは、通勤途中に自家用車がスリップ事故を起こし、街灯に激突して亡くなってしまったのです。

享年四十。若すぎる死でした。

葬儀の準備、事故処理、生命保険の手続き、職場の引き継ぎやその他の残務整理、と諸々《もろもろ》の事務的な手続きを終えたあとに、深い悲しみがわたしを襲ってきました。跡取り息子を失った義父母のやつれた姿が哀れで、胸が潰れる思いでした。

四十九日が過ぎて、葬儀にも現れなかった義姉が、突然一人でやって来ました。

仏壇の正彦さんの遺影に手を合わせ、「わたしを追い出した罰が当たったのよ」とつぶやいたので、何てことを言うのだろう、とわたしは怒りでいっぱいになりました。でも、どう言い返していいかわからず、ただ顔をこわばらせていると、義姉が次に口にした言葉は、「正彦の生命保険、あなたに下りたんでしょう?」でした。

――この人は、弟の死を嘆き悲しんではいない。この人が必要なのはお金だけなんだ。

そう思って情けなくなったわたしは、「正彦さんが遺《のこ》してくれたお金は、この家のために使います」と言ってやりました。看護学校に通うために使いたい気持ちもあったのですが、現実に、住んでいた家が古くなり、あちこち修繕が必要な状態になっていたからです。

「そう」

そのときは言葉数を少なくして、帰って行った義姉でした。

次に義姉が実家に現れたのは、それから三年後。仁村家が離れた場所に飛び地のようにして所有していた土地が高い値で売れた直後でした。どこかでそのうわさを聞きつけたのでしょうか。そこは、東京都が新しい道路を作るための計画場所に当たっていたのです。

「いくらだったの？」

義姉は、わたしではなく義母を問い詰めました。その前の年に軽い脳梗塞で倒れ、義父は話す言葉がやや不明瞭になっていました。

義母が書類などを見せると、義姉はわたしに顔を振り向けて言いました。

「仁美さん、あなたは仁村家とは関係ないから。正彦は亡くなっているんだし、仁村家の相続にはあなたはもう関係ない人なのよ」

そのとおりかもしれません。だけど、わたしはこの家で長年暮らしているのです。夫と義姉の祖父母を介護して看取り、現在も義父のリハビリに付き添ったり、家事を一手に担ったりしているのはこのわたしです。「関係ない」とはあまりにも冷たい言葉ではないですか。

「お父さんにもお母さんにもそのあたり、心得ていてもらわないと」

義姉がそう言い捨てて去って行ったので、わたしは不安になりました。配偶者を失ったいま、子供のいないわたしの立場が危ういのは知っています。それでも、この家への貢献度を配慮して、遺産に関しては義父母が遺言なりで便宜を図ってくれるのでは、と考えていたのです。でも、義姉は実の娘です。娘の言い分に耳を貸すかもしれません。

――そうか。やっぱり、この家に見捨てられても、生きていけるだけの力をつけるべきね。

自分の中でそういう結論を導き出したときに、不幸続きだったわたしへの神様の思《おぼ》し召しというのか、偶然、あの新聞記事を目にしました。

読者の投稿欄に、「香川仁美」という名前で投稿している、わたしと同世代の看護師の女性を見つけたのです。看護師という仕事柄、病院で出会う患者さんたちとの触れ合いの場面を短い文章にまとめ、感謝の言葉の持つ温かさに気づいた、という内容の投書でした。

香川仁美。それは、実の母のもとで育ったとしたら、最初にわたしに与えられていたはずの氏名でした。養子にもらわれて渕上仁美となり、結婚して仁村仁美となったわたし。何だか姓に振り回されている人生のような気がしました。

「仁村家とは関係ない」と、義姉に面と向かって言われてしまったのです。そうか、正彦さんが亡くなって、仁村家とは関係がなくなったのであれば、もうわたしは「仁村仁美」ではないのか。でも、まだここに住んでいるし、戸籍上は仁村仁美のままでいる。何よりも、血のつながりはないとはいえ、心情的には長年一緒に暮らしている義父母と深い結びつきが生じている。

——一体、女にとって、家って、姓って、何だろう。

そう疑問に感じた瞬間に、ふと、この香川仁美さんに手紙を書いてみよう、と思い立ったのです。

思ったままを手紙に綴って、新聞の読者投稿欄あてに送りました。返事がくるのは期待していませんでした。頭の中で文章を組み立てるだけで、心の整理がつき、次のステップを踏み出す決意ができたからです。

いまからでも遅くはない。福祉にかかわる仕事をしよう。まず介護関係の資格を取ろう。自宅でできる勉強もあります。通信教育での勉強をスタートさせた直後、また嵐のごとくに義姉が実家に現れました。

6

「熟年離婚したのよ」

義姉の言葉に唖然としました。二人の息子は、夫のもとに置いて来たというではありませんか。

「もう高校生になっているからいいのよ」

と、こちらが子供の心配をしても意に介しません。

「それより、仁美さん、わたしはこれからここに住むからね」

義姉は、わたしに向かって声高々と宣言しました。

昔から気の強い娘には太刀打ちできないのでしょう。ましてや、年も重ねて体力も気力も衰えています。義母はおろおろするだけで、言葉のはっきりしない義父は、娘に向けて何か発するものの、「お父さん、意味不明」とぴしゃりと言われて、うなだれてしまいます。

「仁美さんは、いままでどおり、家事一切をやってちょうだいね。それから、お母さんはお父さんの介護をして。わたしは仁村家の財政に目を光らせるから」

つまり、この家を自分が取り仕切るという意味でしょう。虫のよすぎる義姉です。でも、そういう態度をとるのも当然です。わたしは、部外者なのですから。仁村家に関しては、わたしには何の権限もないのです。

大きく息を吸うと、わたしは胸の中にたまっていた鬱憤とともに息を吐き出しました。そして、こう言葉を紡ぎました。

「わかりました、お義姉《ねえ》さん。おっしゃるとおり、わたしは、もう仁村家とは関係ありません。この家を出て行きます。だから、もちろん、家事一切もできません。

お義父さん、お義母さんには申し訳ないですが、実の娘のお義姉さんに面倒を見てもらってください」

「出て行くってどういうことなの？　あなた、行くところはあるの？　和歌山の実家とは縁を切ったようなものだし、とっくに弟さんの代になっているでしょう？」

「実家には戻りません」

「じゃあ、どこへ？」

「どこへ行こうと関係ないじゃないですか。わたしはもうこの家の人間ではないのですから」

「この家の人間じゃないって……」

義姉は、わたしに強気に出られて困惑したのでしょう。

「わたしは、明日、役所に行って姻族関係終了届を出そうと思います。それで、わたしとこの仁村家との姻族関係は法律上、終わることになります。配偶者の父母、つまりお義父《とう》さん、お義母さんの扶養義務もなくなります。では、そういうことで。いままでお世話になりました」

言い終えると、えも言われぬ爽快感に包まれました。

亡くなった夫以外に頼れる人ができたのです。それが、看護師の香川仁美さんでした。

7

――姻族関係終了届。

香川仁美さんが教えてくれた法的な書類です。

離婚した義姉が現れる少し前に、香川仁美さんから返事が届いていました。義姉に冷たい言葉を浴びせられ、今後の自分の生き方について悩んでいる、と書いたところ、「あなたはあなたの人生を生きるべきです」という励ましの言葉に続いて、結婚の本来の意味や、嫁ぎ先との縁の切り方などが書き綴られていました。それを読んではじめて、恥ずかしながら、わたしは自分がいかに法律に関して無知だったか自覚しました。

結婚すれば、配偶者の親族とは姻族関係になる、と民法で規定されているそうです。そこまでは何となくわかっていたつもりでしたが、民法では離婚によってその姻族関係は終了する、とあります。それも何となく理解できます。でも、配偶者が死亡した場合において、生存配偶者が姻族関係を終了させる意思を表示したときも姻族関係は終了する、というその項目はまるで知らなかったのです。

そうか、自分の意思でこの関係を断ち切ることができるのか。少なくとも、それで、あの義姉から逃れることができるのか。目の前の霧が晴れたような感じでした。姻族関係の終了に伴って、当然、扶養義務も消滅するとのことでした。姻族関係終了届とともに復氏届を提出すれば、わたしは仁村家から離れて旧姓の「渕上」に戻れるのです。

――わたしたちが同じ「仁美」という名前なのも何かのご縁です。あなたが自立をめざしているのであれば、できるかぎりお力になりたいと思っています。

手紙はそう続いていて、わたしは心強い味方ができたことを喜びました。

香川仁美さんに保証人になってもらって、都内にアパートを借りました。長いあいだ家計のやりくりをしてきたのですから、アパートを借りるくらいの貯金は持って家を出ました。丈夫なだけがとりえのわたしです。昼間は清掃員、夜は飲食店の厨房《ちゅうぼう》スタッフ、と仕事をかけもちして、働きながら介護ヘルパーの勉強を続けました。

介護ヘルパーの資格を取った時点で、香川仁美さんが紹介してくれた老人福祉施設に職を得て、その後、実務経験を積んだのちに介護福祉士の資格を取得し、いまに至っています。きつい仕事ですが、感謝されることも多いので、とてもやりがいがあります。

仁村家を出てから、義父母のことがすっかり頭を離れたわけではありません。長年、生活をともにしてきた二人ですから、情は移ります。愛する夫の正彦さんをこの世に送り出してくれた二人でもあるのです。勤務する施設で義母と同世代の女性の食事の世話をするときなど、〈ああ、お義母さんもこの茄子の煮浸《にびた》し、好きだったなあ〉と思い出しますし、杖《つえ》をつく老人の後ろ姿を見ると、〈この歩き方はお義父さんにそっくり。元気にしているかしら〉などと思ったりします。

姻族関係終了届と復氏届を提出したとはいえ、正彦さんとの縁は切れてはいません。遺族年金などは配偶者であるわたしに受給の権利があるため、何らかの通知がいく可能性も考えて、新しい住所を仁村家に知らせてありました。だから、万が一、わたしが家を出てからの仁村家に何か異変が起きたら、こちらに連絡があるものと思っていたのです。

ところが、何も連絡がないままに時が過ぎたので、わたしのほうが心配になり、家を出て七年目にこちらから思いきって電話をしてみました。

電話に出たのは義母でしたが、その電話ではじめて義父が亡くなっていたことを知ったのです。

――どうして教えてくれなかったのですか？

という言葉が出かかったのですが、わたしはもう仁村家とは関係のない他人です。お悔やみの言葉だけ告げて、電話を切ろうとしましたが、義姉のことが気になって、

「お義姉さんはどうしていますか？」と聞きました。

「ああ、ええ、元気にしていますよ」

と答えた義母の弱々しい口調を、そのときもっと気にしていればよかったのですが……。

それから、仁村家の様子を探るために、一年に一度は電話をかけることにしました。正彦さんの誕生日の十月六日であれば、電話をかける正当な理由が作れると思いました。

わたしが家を出てから八年後、九年後、十年後……。そのつど、電話に出るのは義母でした。「お義姉さんは？」と聞いても、「いま出かけている」とか「仕事に出ている」とか、「手を離せないから」と言って、そそくさと切られてしまいます。

わたしにも仁村家と縁を切ってからのわたしの生活があります。結婚こそ考えは

しませんでしたが、親しい関係の男性もできました。そんなにしょっちゅう離縁した仁村家のことを考えているわけにはいきません。

そして、今年、十月六日に何度か電話をかけたところ、受話器が上がりませんでした。留守の可能性もあるので、翌日にもかけてみましたが、やはり誰も出ません。その翌日も、さらにその翌日も、呼び出し音が鳴るだけです。

心配になったわたしは、仕事がお休みの日に、仁村家に行ってみました。

懐かしいかつての嫁ぎ先を思い描いていたわたしは、荒れた庭を見て驚きました。雑草は伸び放題で、空き缶まで転がっています。何年も手入れをされた気配のない庭です。人が住んでいるとは思えない家ですが、見憶えのある「仁村」という表札は昔のままにかかっています。

玄関のブザーを押しましたが、応答はありません。ほこりくささと一緒に、中から腐敗臭のようなものが漂ってきます。玄関には鍵がかかっていました。胸騒ぎを覚えたわたしは縁側に回り、居間の廊下側の掃き出し窓を叩きました。やはり、応答はありません。居間の障子戸がわずかに開いていて、その隙間から人間の髪の毛のようなものが見えました。

――まさか、そんな……。

最悪の事態を想像したわたしは、庭に落ちていた石でガラス窓を破って侵入しました。

そして、見つけたのが義母の変わり果てた姿だったのです。法医学も独自に学んだので、わたしには遺体の知識も少しはありました。

死後、数日たっているのは明らかでした。

8

義母が入居していた老人介護施設の部屋の整理を終えて、雑誌ライターの真弓は夫の信矢とともに帰宅した。

テーブルに義母が読んでいた新聞が載っているのを見て、真弓の目頭は熱くなった。ついこのあいだまで、夫と交替で義母に新聞を届けていたのである。

渕上仁美の手記が掲載された婦人雑誌が発売された二か月後、義母が外出先で倒れたという連絡が施設からあった。施設では毎月、入居者たちをマイクロバスに乗せて近くの複合商業施設に連れて行っていたのだが、そこで買い物を楽しんでいた義母が胸を押さえて倒れ、病院に運ばれたという。喘息の発作はそのときはおさまったが、体力が弱って抵抗力が低下していたのだろう、入院先で一週間後に間質性肺炎のために亡くなった。

「あっけなかったわね」

新聞から信矢に視線を移して、真弓は言った。頭はしっかりしていたのだから、もっともっと長生きしてほしかった。

「天国の親父も一人で寂しかったんだろう。そろそろこっちに来てくれ、っておふくろを呼び寄せたんだよ」

しかし、信矢は明るい声でそう受けると、「もういいかな」と続けて、ため息をついた。

「もういいかな、って?」

「おふくろもあの世に旅立ったんだ。もう息子の俺が『田中信矢』になってもいいだろう」

「あら、信矢さん、夫婦別姓にこだわり続けるんじゃなかったの?」

夫婦同姓を定めた民法の規定は合憲とした最高裁の判決に憤りを表明し、信念を貫き通すと言っていた信矢である。

「ああ。婚姻時に、女性が夫の姓に合わせる社会の風潮はおかしい、とは言ったよ。

だから、男の俺が君の田中姓に変える」

「無理しなくていいわよ。いまならお義母さんの気持ちも理解できる気がするわ。お義母さんは、死んだ夫が一人息子につけた名前を生涯を通して守り通したかったのよ」

「それなら、君の両親だってそうだよ。姓とのバランスを考えて『田中真弓』という整った氏名にしたんだから」

「そうだけど……」

夫婦別姓の生活を続けてきた二人であるが、社会的信用を得にくい、周囲の理解を得るのが大変で説明が面倒、などのほか、税金の配偶者控除が受けられないとか、住宅購入の際の審査や相続権の面でのデメリットもあった。

――もうこれ以上、夫婦別姓にこだわる必要はないのでは……。

真弓自身は、そう思っているのである。

渕上仁美が語って、真弓が文章にまとめた、渕上仁美の手記の一節が想起された。

――姓に振り回されている人生。

それは、渕上仁美の生の言葉だった。夫の姓にすることで、夫の家に縛られるように感じる女性は多いだろう。姓というものが家意識と深く結びついているせいかもしれない。

渕上仁美は、姻族関係終了届を出し、復氏届も出して、新たな生活を送っていた。ところが、「仁村家とは縁を切ります」と、隣近所に挨拶して家を出て来たわけではなかった。したがって、周囲は、「弟の嫁は、実家とうちを行き来しています」という仁村家の長女――死んだ仁村正彦の姉の言葉を信じていたのだった。しばらくお嫁さんの姿が見えなくとも、〈ああ、また実家に帰っているのだろう〉と思っていたという。

仁村家の長女は、父親が病気で死んだあとも、実家で母親に一人暮らしをさせていた。月に一度様子を見に行くだけで、自分は別れた夫のもとへ顔を出したり、離婚後に関係の生じた男性のもとへ行ったり、と奔放な生活を送っていたらしい。

母親の足腰が弱り、認知症の症状も出始めたのを知りながら、自宅に放置して、たまに食料を運ぶだけだったというから、扶養義務を怠ったということになるのだろう。母親の死因は、熱中症と栄養失調によるものだった。亡くなったと思われる日の前後は、十月なのに真夏日が続いていて、部屋のエアコンは入っていなかった。

あの日、たまたま仁村家を訪れて、死んだ夫の母親の遺体を発見した渕上仁美は、すぐに警察に通報した。駆けつけた警察官に続柄を聞かれて、「亡くなった息子の元妻で、とうにこの家とは関係を絶っています」と伝えはしたが、取り込み中だったこともあり、近所の人と言葉を交わす暇はなかった。遺体発見の場に居合わせなかった渕上仁美の元義姉は、「うちの嫁はひどい嫁なの。弟が死んだあとは、うちの父や母の面倒なんか一切見ないで、土地を売って入ったお金で遊び歩いてばかり。今回も、母をほったらかして、外を泊まり歩いているうちに、こんなことに」と、のちに隣近所に吹聴《ふいちょう》し、狡猾に嘆き悲しんでみせた。その言葉を鵜呑《うの》みにした某週刊誌の記者が、裏もとらずに面白おかしく記事を書いたのだった。

「渕上仁美さん、幸せになるといいね」

妻の考えごとを察した様子の信矢が言い、真弓は現実に引き戻された。雑誌が発売になった直後、渕上仁美からは「ありがとうございました」と電話があった。

「やっぱり、わたしがあなたの姓に改姓するわ」

と、迷いが吹っきれた真弓は言った。

「えっ？」

と、信矢が眉根を寄せて、不審そうな表情になる。

「だって、あなたこそ、非常にバランスがとれた姓名じゃないのよ。真実に向かって自分を信じて弓矢を放て、ですもの。そういう意味をこめて、あなたのお父さんがつけてくれた大切な名前でしょう?」

だから、義母もその氏名に誇りを持って、夫の死後も息子に姓を捨てさせまいとしたのだろう。

「わたしのことならいいのよ。いまのわたしは、普通のOLじゃなくて、署名記事を書く雑誌のライターだもの」

真弓は、二人の出会いを思い起こしながら言った。

信矢との出会いは、病院の待合室だった。「真弓さん」と看護師に呼ばれて、「はい」と同時に返事をして席を立った男女がいた。それが、真弓と信矢だった。

——下の名前で呼ばれるなんておかしいな。

真弓はちょっと不思議な気がしたが、「あなたも真弓さんですか?」と信矢に話しかけられたのがきっかけで、二人の交際が始まった。

「『真弓真弓』ってペンネームなら、たくさん仕事がきて、売れっ子ライターになるかもしれないでしょう? もう恥ずかしくなんかないわ」

妻がそう言葉を続けると、あっけにとられたような表情の夫——真弓信矢は、なるほど、と言って笑った。

こだわり

1　シンメトリー

生まれたときの名前は、森本里美《もりもとさとみ》でした。

里美という名前は、父親がつけてくれたといいます。

残念ですが、わたしにはその父親の記憶はほとんどありません。わたしが四歳のときに、不慮の事故で亡くなったからです。

父の漕《こ》ぐ自転車の後ろに乗って、大きな背中にしっかりとしがみつき、風を切って走った心地よい感覚がうっすらと記憶に残っている気もしますが、それは、母から見せられたアルバムの写真に自転車に乗った父とわたしのものがあったせいで、あとからその種の記憶が脳裏に植えつけられてしまっただけかもしれません。

夫に先立たれてしまったわたしの母は、早くに母親を亡くしていました。その後、父親が再婚して新たに家庭を持ったこともあり、父親とは折り合いが悪く、誰も頼れる人のいない状況にいたのです。

よくテレビドラマで、若くして夫に先立たれた女性ががむしゃらに働いて、女手一つで子供を立派に育て上げるという美談のストーリーが紹介されますが、自分の母親がそんなパワフルでたくましい女性だったらどんなによかったか、と思うことがあります。

わたしの母は、そうではありませんでした。父を亡くしたあと、アルバムを開いてはメソメソと泣いてばかりいて、逆に子供のわたしが「お母さん、大丈夫だよ。わたしがそばにいるから」と慰め、励ますほどでした。

母は、男性がそばにいて支えてくれないと生きていけないタイプの女性だったのでしょう。父の死因が、自家用車での自損事故だったことも影響していたのかもしれません。恨みをぶつける相手がおらず、ひたすら父と自分の不運を呪い、悲運を嘆いていました。「あんなに幸せだったわたしたちの家庭が、どうしてこんなに不幸に」と。

わたしたち家族三人は幸せでした。父の記憶がほとんどないのになぜそう思えるのかというと、アルバムに収められた写真の父、母、娘のわたしの三人ともどれも満面の笑みでいたからです。

わたしを出産してから専業主婦でいた母は、隣町のスーパーに職を得ました。それまで住んでいた一戸建てから狭いアパートに移りましたが、わたしは家が狭くなっても、食事の内容が貧しくなっても、大好きな母と一緒にいられればそれでよかったのです。

小学校三年生のときでした。夏休みが始まる前に、母が家に男の人を連れてきました。近所の人のうわさも耳に入っていたので、男の人の影にはうすうす勘づいていました。富永《とみなが》さんという男性は、母よりひとまわり上で、スーパーの納品業者でした。

そのときは家で食事をしただけでしたが、次の休みの日には三人で遊園地へ行きました。

わたしと富永さんだけにしようと、何かと気を遣っているのがわかって、母がかわいそうになりました。母の意を汲《く》んで、ふだんより明るく振る舞った覚えがあります。

富永さんの印象は悪くはなかったのです。富永さんは、おとなしくて、聞き上手で、思いやりのある人という印象を受けました。それでも、結婚まではしてほしくないというのが、わたしの正直な気持ちでした。

ところが、遊園地へ行った次の日、母がこう切り出しました。「富永さんにあなたのお父さんになってもらっていい？　お母さんのお腹の中には、あなたの弟か妹がいるの」と。

　断れるはずがありません。もう子供までいるというのですから。

　母は、富永さんと結婚しました。わたしは、富永里美になりました。夏休み明けの教室で、「二学期から、森本里美さんは、富永里美さんです」と、担任の先生に紹介されたときの気持ちをどう表現したらいいでしょうか。

　一番仲のよかった同級生から「富永里美って、別の国の人みたいで、何だかいままでの里美ちゃんじゃないみたい」と言われたけど、まさにそのとおりで、わたし自身、いままでの自分じゃないみたいな座り心地の悪さを感じていたのです。

　それでも、名字が変わったからといって同級生にからかわれたり、いじめられたりすることもなく、平穏に学校生活を送っていました。

　二番目の父と母のあいだに生まれた子は男の子で、豊《ゆたか》と名づけられました。豊はとてもかわいくて、刻々と変わる赤ちゃんの表情見たさに、わたしは毎日学校が終わるなり、飛んで帰ったものです。

　二番目の父との関係も、豊が生まれたことで良好になった気がします。いえ、それまでも決して仲が悪かったわけではないのですが、お互いに遠慮や照れのようなものがあって、わたしは「お父さん」と呼べずにいたし、あちらはあちらで、わたしを母のように呼び捨てにはできず、「里美ちゃん」と呼んでいました。それが、「ねえ、お父さんが遊んでくれるって」とか「お父さんにお風呂入れてもらおう」と、豊に語りかけることによって自然と「お父さん」という言葉を発することができたのでした。

豊が二歳になったとき、狭いながらも庭のある一戸建てに引っ越しました。そのころの母は、とても幸せそうでした。

けれども、そんな家族四人の幸せな生活も長くは続きませんでした。家のローンを返すためにがんばって働きすぎたのでしょうか。二番目の父は、夏の暑い日、商品の搬入先で倒れて帰らぬ人となりました。心筋梗塞を起こしたのでした。

悲嘆に暮れた母は、葬儀の直後に寝込んでしまいました。その様子を見て心配になったのでしょう。後日、二番目の父の実家から「しばらく豊は、うちで預からせてもらいたい」と申し入れがありました。二番目の父の母親とその娘が家に来ましたが、二番目の父の妹はわたしに「あなたはもう中学生。母親の手助けはできるでしょう?」と言って、母が臥《ふ》せっているあいだに、二人で豊を車に乗せて、茨城の富永家に連れていってしまいました。

大人のあいだでどんな話し合いが行われたのか、わたしにはわかりません。でも、体調を崩し、精神的にも不安定になった母が家にこもりきりになっていたのに、お金の心配をしなくてすんでいたのは、富永家から経済的な援助があったからでしょう。しばらくのはずだったのに、豊は富永家からなかなか帰されてきません。「お母さん、豊は?」と聞いたわたしに、母は涙声で「あの子の幸せのためだから」と、ひとこと返したきりでした。

母の三度目の結婚は、寂しさを紛らわすために、勢いでした結婚にすぎなかったのだと思います。

三番目の父は、母より七つ年下の線の細い男性でした。

母の結婚によって、わたしは富永里美から渡辺《わたなべ》里美になりました。三番目の父がそれまでわたしたちが住んでいた家に入る形になったので、わたしは率直な疑問を母にぶつけたのです。「わたしたちの家に来るのだから、あっちが改姓すればいいでしょう?」と。

それに対する母の答えはこうでした。「結婚したら、女が名字を変えるのが常識だから」

わたしは、そんなのおかしい、常識なんかじゃない、法律の本を読んでも、結婚時に両性どちらの姓にしてもいいと書いてあるのに、と反論したのですが、親に扶養されている身の中学生の意見が受け入れられるはずがありません。

「今日から、富永里美さんは、渡辺里美さんになります」

ホームルームで、担任教師にそう紹介されたときの屈辱感や羞恥心は忘れられません。

またもやわたしは、お尻にフィットすることのない、座り心地のすこぶる悪い椅子に座らされているような気分を味わうことになったのです。

しかし、三度目の結婚も長くは続きませんでした。今度は、三番目の父の浮気です。

三番目の父が、ラブホテル街を若い女と腕を組んで歩いている姿を母が見てしまったのです。家の中は修羅場と化しました。母が手あたり次第にものを投げつけ、しまいには三番目の父のおでこに怪我《けが》までさせてしまいました。母は、夫を家から追い出したのです。

何日かたって三番目の父から離婚届が送られてきたとき、わたしは「お母さんの結婚によって名字が変わるのはもうたくさん。もとの名字に戻して。わたしのお父さんは一人きり。森本里美に戻りたい」と言いました。

「わかった」と応じたものの、役所から戻ってきた母は、わたしの前で渋い顔をして首を横に振りました。

「離婚したら旧姓には戻せるけど、それは一つ前の姓なんですって。だから、あなたは、富永里美になるの」

ショックを受けました。「交渉してよ」と食い下がったけれど、「役所に何度も行くのは嫌」と却下されてしまいました。もう幸せだったころの「森本里美」には戻れないと思うと、悔しくて、情けなくて、涙が出てきます。

「いいじゃない。名前なんて記号だと思えば。ほら、幼稚園のさくら組とかすみれ組とか、その程度のものよ」

母がおかしな慰め方をしたので、ああ、この人とは価値観が根本的に違うのだ、とわたしは悟りました。と同時に、わたしは自分の中の「こだわり」にじっくり向き合ってみよう、と思い立ちました。

それで、はじめて姓名判断の占いを受けてみることにしたのです。雑誌に載っていた有名な女性占い師です。

「そう、あなたはめまぐるしく姓が変わったのね。森本里美……富永里美……渡辺里美……富永里美」

　女性占い師は、紙にそれらの名前を書くと、しばらく黙って見つめていましたが、「わかったわ」と顔を上げました。「里美という名前は、あなたのお父さんがつけたんでしょう？　あなたのお父さん、すごい人ね。だって、これ以上の名前はないもの」

「どういう意味ですか？」と問うたわたしに、女性占い師は、目を輝かせて説明を続けました。

「あなたのお父さんは、森本という姓に合うように里美という名前を選んだのよ。森本里美は、左右対称、シンメトリーになる。非常にバランスがとれているの。あなたの名前で大切なのは、画数より形。バランスのとれた美しい人間に成長するように。そう願ってお父さんがつけてくれたのね。それで、ほら、その名前のとおり、あなたの顔立ちは歪《ゆが》みがなくてきれいだわ。眉の高さも左右揃っているし、前髪の分け方もきっちりしていて美しい」

　意識していませんでしたが、わたしは幼いころから真ん中分けで、その髪型をずっと維持してきました。それが自分に一番よく似合うと思っていたからです。不規則に石が並べられた日本庭園よりヴェルサイユ宮殿の左右対称の庭園に惹かれるのにも、ちゃんと理由があったのです。

「左右対称の名前がいいのなら、田中や山田、林といった名字でもいいのでしょうか」

「いいえ、森本里美に勝る名前はありません。あなたをもっとも幸せにする名前、それは森本里美です」

わたしの質問に、女性占い師は言い切りました。

生まれたときの名前——森本里美が、本来の自分で、わたしの本質なのだ、とわたしは悟りました。そこにわたしのアイデンティティがあるのだ、と。

だからといって、そう都合よく森本姓の人との出会いがあるわけもなく、森本姓の人を好きになるわけもなく、わたしは五十二歳になる今日まで独身を通してきました。

母は、その後、四度目の結婚をしました。そのとき、わたしはすでに親元を離れていたので、母がどういう名字になろうと関係ありませんでした。その母は、一昨年、亡くなりました。

そして、現在、わたしは森本姓を名乗っています。そう、森本里美です。

父は亡くなっても、父の両親、すなわち祖父母とわたしとは血がつながっています。祖父が亡くなったときに連絡がきて、わたしは祖母と会いました。祖母は介護が必要な身体になっていましたが、父の弟の家族と折り合いが悪く、一人暮らしをしていました。

そこで、わたしが介護を担う条件として、「養子にしてほしい」と頼んだのです。祖母を看取ったあと、わたしは父が生まれた家で暮らしています。富永家の養子となった豊とも交流があります。姓は違っても、血のつながった異父姉弟ですから。

森本里美に戻ったいまのわたしは、心穏やかに過ごしています。本来の自分を取り戻し、アイデンティティを確立させたのですから、これ以上の幸せはありません。亡くなった父との思い出を大切にして生きていく覚悟ができています。

――と、こんなわたしの話が参考になったのでしょうか。あなたは、選択的夫婦別姓制度について考える会の方でしたね。姓に翻弄されたわたしの人生を、どんな記事にまとめるのかしら。

2 表札

「ねえ、どうしたの？　離婚したの？」

予想はしていたが、正月明けに、幼なじみの光代《みつよ》から勢い込んだ声で電話がかかってきた。

「してないよ」

靖子《やすこ》は、事実だけを伝えた。

「だけど、年賀状の名前が変だったよ。差出人が永井《ながい》靖子じゃなくて、谷本《たにもと》靖子になってたけど」

谷本。それは、靖子の結婚前の姓だった。

「旧姓で出したかったから、そうしただけ」

「どうして？」

「理由がないといけない？」

「ご主人とケンカでもした?」

「してないよ」

「だったら……」

「あのね、わたし、今年から夫婦別姓でいくことにしたから。永井靖子じゃなくて谷本靖子。じゃあ、そういうことでよろしく」

電話を切ろうとしたら、

「やっぱり、夫婦ゲンカしたんじゃない?」

光代は、声を上げて笑った。

「違うって。夫婦は円満。夫婦別姓にするのは、夫も承知の上。じゃあね」

そこで靖子は電話を切ったのだが、光代は釈然としなかったらしい。数日後には靖子の家に押しかけてきた。ちょうど夫は囲碁サークルの日にあたっていて、家には靖子一人きりだった。

「ねえ、表札も二つ並んでいるじゃない」

玄関に出迎えた靖子を外に出るように促して、光代は門扉の前に立つ。

靖子も改めて、自分で選んだ御影石《みかげいし》風の表札を眺めた。「永井」の左隣に同じ大きさの「谷本」の表札がある。

「これ、ホームセンターで注文して、取りつけるのは夫がやってくれたのよ」

「あのご主人が？」

光代は、目を丸くしている。何度か二組の夫婦で顔を合わせているので、きまじめで理屈っぽい靖子の夫の性格を、光代は知っている。

「表札を二つ並べると言ったら、ご主人、どんな反応を示した？『何でそんなことするんだ』って聞かれなかった？」

居間に通すと、ソファに座るなり、光代はその話題を続けた。

「聞かれたわよ」

「でしょう？　何て説明したの？」

「何てって……『あなたの姓で生きてきて、自分であって自分じゃない違和感を抱いてきた。わたしももうじき七十歳。そろそろ自分の好きなように生きていいでしょう？　いえ、自分の好きなように生きていくわ』って宣言したのよ」

「へーえ、すごい。勇気あるわね」

光代は、感心したように かぶりを振ってから、「でも」と言葉を継いだ。「そんなわがまま、よくご主人が許してくれたわね」

「わがまま？　どうして、わたしが旧姓を名乗ることがわがままになるの？」

「だって、いままで永井姓で不都合なく暮らしてきたんでしょう？　専業主婦として、ご主人に守られて。いまさら何で旧姓を名乗るの？　誰だって不思議に思うわよ。ペーパー離婚したわけじゃないんでしょう？」

「それも考えたけど、離婚届を出して、役所で手続きしたりするのも面倒だしね。だから、日常生活で旧姓を名乗ることにしたの」

「ご主人は、すんなり受け入れてくれたの？」

光代は、疑わしげに眉をひそめて聞いてくる。

「そりゃ、最初は、『何でだ？　何か不満でもあるのか？』って聞かれたけど、昔のいろんなエピソードを列挙したら、『そうか』って納得してくれたみたいよ」

「いろんなエピソードって、お姑さんやご主人の親戚とのいざこざ？」

心あたりのある光代は、顔をしかめる。

「まあね」

結婚後、同居こそしなかったが、夫の母との関係や、夫の伯父や伯母、夫のきょうだいとの関係に悩み苦しみ、ときどき光代に愚痴をこぼしたものだった。夫のきょうだいはともかく、その他の夫の親族はほぼ鬼籍に入ってしまったが、いまでも当時の記憶がよみがえって息苦しくなることがある。

夫の母は体裁を重んずる厳格な人間で、結婚の報告に行ったときの手みやげの渡し方が「袋から出さずに非常識だ」と言い、手料理にも「脂身の多い肉を使うなんて、息子の健康に気を配っていない」などと文句をつけた。結婚する前に夫の父親は亡くなっていて、その三回忌の法事の直前、靖子は帯状疱疹《たいじょうほうしん》にかかって出席できなくなった。それを夫の親戚に、「嫁として健康管理がなってない」だの「身体の弱い嫁をもらって失敗した」だのと責められた。

靖子は、もともと「嫁をもらう」とか「嫁に行く」という表現に嫌悪感を抱いていた。女偏に家と書いて「嫁」。その「家」は、結婚した相手の家、すなわち夫の家を指す。改姓によって、夫の家に取り込まれてしまうような恐怖や違和感を引きずり続けていくのには、もう耐えられないと思ったのだ。

「だけど、もうとっくに嫌な姑や親戚の人たちはあの世に行ったんでしょう？　いいかげん吹っ切ったっていいじゃない」

「違うの。わたしの気持ちの問題。わたし自身を取り戻したいの」

「旧姓を名乗ることが、自分を取り戻すことにつながるの？」

「つながるわ」

「それで、何かが変わるの？」

「大いに変わる。気分が全然違う。すっきりする。解放感に満たされる」

「そう」

短く受けた光代は、どこか不機嫌そうな表情になって、ぽつりと言った。「靖子さんの考え方、よくわからない」

「どうして？」

「何でそんなにこだわるのか。たかが名字一つに。最初から強いこだわりがあったのなら、結婚するときに靖子さんの姓にするか、夫婦別姓——事実婚にすればよかったのに」

「そう簡単にできなかったのよ。若かったし、知識も乏しかったし、自信もなかったし。双方の親を説得させられるだけの力が、わたしの中になかったのよ」

「いまなら、それができるってこと？」

「ええ」

「ご主人がよく理解を示してくれたわね。あのまじめでちょっと堅物の人が」

光代の言葉にこめられた皮肉を、靖子は感じ取った。妻である靖子の目から見ても、夫は社会規範をきっちり守る、少しお堅いところのある人間だ。

「あの人の理屈っぽいところを逆手にとったのよ。理屈っぽい人間には、理詰めでぶつかればわかってもらえる。そう信じて、一生懸命自分の気持ちを理路整然と語ったの。そしたら、気持ちが通じたわ。『生まれたときからずっと永井できた俺には、理解しにくい感覚かもしれない。だけど、いきなり「今日からあなたは谷本として生きてください」と言われたら、そりゃ戸惑うよな。それをおまえはずっと受け入れてきたのか』って言ってくれてね。表札を二つ並べることにも、谷本の印鑑を作ることにも賛成してくれたわ」

「そう」

光代の口調がますます不機嫌なものになる。「ご主人が理解を示しても、それでも、わたしは靖子さんの考え方がわからない。やっぱり、名字一つにこだわりすぎ。そうとしか思えないわ」

——あなたにわかってもらえなくてもいいけど。

心の中で前置きしてから、靖子は「反論」を開始した。

「光代さんは、どんな枕を使っていたっけ？」

「唐突に何よ。ウレタンの寝返りしやすい枕だけど」

怪訝《けげん》な顔をしながら、光代は答える。

「羽毛でもそばがらでもなくて、どうしてウレタンのその枕を使ってるの？」

「よく眠れて快適だからよ」

「光代さん、朝はコーヒーを飲まないと始まらない、と言ってたよね。豆から挽《ひ》いて自分の手でいれるって。どうして豆から挽くの？　お店で挽いてもらっちゃダメなの？　自動式のドリップじゃダメなの？」

「その場で豆から挽いて、ていねいに手でいれたほうがおいしいからよ。おいしいコーヒーを飲みながら韓流ドラマを観る。そのひとときが心地よくてたまらないの」

「それと同じよ」

「えっ？」

「わたしが名字にこだわるのは、光代さんが枕にこだわったり、コーヒーのいれ方にこだわったりするのと同じ。旧姓でいると、快適で心地よくてたまらない。そう言いたかったの」

「そんな……」

光代は顔を赤くして、「違う」と憤然と否定した。「そういうこだわりとは違う。靖子さんのこだわりは、何ていうか……そう、社会に対して意地を張っているみたいで、まわりが引いちゃう感じというか……」

「わたしから見たら、光代さんこそ、『女は名字になんかこだわらない生き物』という考え方そのものに固執しているように思えるわ。一見柔軟そうだけど、寛容性に欠けていて、すごく窮屈そうに見える」

「そう、わかった。そうなのね」

一人何かに納得したようにうなずいて、「じゃあ、帰るから」と、光代は席を立った。

＊

その年の暮れ。靖子は、昨年に続いて「谷本靖子」の名前で年賀状を出した。明けて、正月に届いた光代からの年賀状の宛名は、「永井靖子様」になっていた。

3　同姓婚

「ねえ、聞いてよ、お母さん。もうっ、ほんと、面倒なんだから」

静岡の実家に帰省するなり、娘の真麻《まあさ》が知子《ともこ》に泣きついてきた。「窓口で、『この書類じゃ受けつけられません』って言われちゃったんだよ。きちんと『旧氏』ってのが記載されている書類じゃないとダメだってね。それって何よ。住民票があればいいじゃない。こっちがうそをついているわけじゃないし。ああ、また出直さなくちゃ。何度、役所に出向けばいいのよ」

「仕方ないじゃない。それがお役所ってものなんだから。形式主義なのよ」

慰めにもなっていないとは思ったが、知子はそう言葉をかけて、台所から持ってきた麦茶を真麻の前に置いた。

「あーあ、まったく、結婚って疲れるねえ」

麦茶に口をつけて、真麻はため息をついた。

「何言ってるのよ。まだ結婚したばかりでしょう？」

「だって、姓が変わるだけで、こんなにいろんなものを書き換えなくちゃならないなんて。運転免許証にパスポートに健康保険証に、マイナンバーカードやクレジットカードも。クレジットカードなんて何枚もあるから大変で。それから、まだある。銀行通帳の口座だって、生命保険の名義だって、長谷川《はせがわ》から湊《みなと》にしなくちゃいけないでしょう？　それから、SNS関係の手続きもしないと。もうっ、どれだけ時間と交通費と体力を要するんだか。役所の書類だって、ただじゃないんだよ。何通も取れば、かなりの額になるんだから」

運転免許証の書き換えに行き、旧姓併記の手続きができなかった真麻は、怒りのぶつけようがないからかわりに、というふうにソファにあったクッションを拳で思いきり叩いた。

「しばらく手続きで大変かもしれないけど、職場では通称のままでいくんでしょう？」

「そうだけど、正式な書類は戸籍名で、ってのが七面倒くさくってね」

「法律でそう決められているんだから、仕方ないわよ」

「それもこれも、選択的夫婦別姓制度が導入されないせいだよね。結婚したら、どちらかの姓を選ばなければいけない、なんて法律があるせいで、こんな煩雑な手続きをするはめになっているんだし」

真麻は、ついていないテレビ画面を睨みつけると、吐き捨てるようにして言い募る。「このあいだ、ワイドショーに元議員のコメンテーターが出ていたんだけど、多額の寄付や献金を強いられることで問題になっている宗教団体の話題になったら、『知らぬまに団体名を変えたせいで、正体がわかりにくくなっている』って言ったんだよ。違う名前だから、世間の人が別の団体だと思い込むのも当然だ、って。で、『それだけ、名前というのは大事なものなんです』って力説してたんだけど、笑っちゃうよね。だって、その人、選択的夫婦別姓制度に反対していた人だから。『夫婦別姓制度が導入されたら、家庭が崩壊する』なんて声高に主張していた人だよ。そんなに名前が大事なものなら、生まれたときの姓で一生通せるように法律を改正すればいいのにね。いちおう法律では、結婚のときにどちらの姓を選んでもいいことになっているけど、現実的には女性が九十六パーセント改姓している。まだ公の場では戸籍名を使うように求められている職場もあって、そういうところで働いている女性は、私生活に踏み込まれるようで嫌だとか、過去の実績が正当に評価されなくて困っているとか、結婚前の旧姓での論文が検索されないとか、通称で仕事していても、出張で海外に出るときは戸籍名のパスポートだから、同一人物だと説明する手間がかかるとか、いろいろ苦労しているわけよ。英語力まで要求されるんだからね」

「選択的夫婦別姓制度が導入されたとして、子供が生まれたらどうするの？　子供の名字をどうするかで、また夫婦でもめることになるじゃない」

「そのときはそのとき。だけど、そうなったら、一人目は妻の姓にして、二人目は夫の姓にして、三人目はまた妻の姓にしてというふうに、たくさん産むことになるから、少子化も解決するんじゃないかな」

「それは、ちょっと理想的すぎるかしら」

頭の回転の速い真麻である。娘と一緒にいると、知子はその弁舌の勢いとユニークな発想に圧倒されてしまう。

先月、内輪でこぢんまりとした結婚式を挙げたばかりだった。真麻の結婚相手の湊伸也《しんや》は、名古屋の大学の同期で、二人とも卒業後は愛知県内に本社のある大手企業に就職し、いまは別々の部署に勤務している。社内結婚が多い職場らしく、結婚後に通称を使う女性も多いという。恵まれた環境ではあるが、結婚後も働き続けるとなると、真麻なりにいろいろ悩みがあるらしい。

まず、結婚にあたって、やはり、どちらの姓を選ぶかで悩んでいた。最初、真麻は、「長谷川姓を捨てたくない」と言っていたが、伸也には女のきょうだいしかおらず、自分には結婚した兄がいることもあり、「長谷川姓は残るから」と、最終的には夫となる人の姓を選んだ。

その決断のあと、真麻は知子にこう告げた。

「事実婚にして同棲を続けてもいいかなとか、子供が生まれるまでは籍を入れなくてもいいかなとか思っていたけど、法律婚をしたほうがお祝い金も出るし、税制面や福利厚生で優遇されるし、得かなと思ってね。それに、これは伸也には言えないけど、わたしたち、大学では成績も互角だったし、いまの職場では給料も同額で、対等な関係にあるでしょう？　だったら、わたしがあっちの名字に改姓して、貸しを作っておこうと考えたってわけ。生まれたときの姓っていう大事なものをあなたのために捨ててあげたんだから、わたしを大切にしなくちゃバチがあたるよ。子供が生まれたあとも、その貸しは生きているからね。そういう一種の脅しみたいなものだね」

わが娘ながら、その打算的な考え方に感心した知子だった。

「ああ、お父さんにお菓子を供えてくるね」

名古屋の手みやげを持って、真麻は隣の和室へ向かった。和室に置かれた仏壇には、知子の夫の位牌と遺影が飾ってある。知子の夫、長谷川克敏《かつとし》は、知子よりひとまわり上で、一昨年、肝硬変を悪化させて亡くなった。

父親の遺影に手を合わせて戻ってくると、「それにしても、お母さんはいいよね」と言い、真麻はふたたびため息をついた。「同じ長谷川姓の人と結婚したんだから。同じ名字だから、免許証や保険証の書き換えも、何も面倒な手続きはなかったものね」

「まあ、そうだけど……」

でも、とその先に続く言葉を喉の奥に押し込む。

「同じ名字の人と出会って、愛し合って、結婚までたどり着く確率って、どのくらいだと思う?」

「さあ、どうかしら」

知子は、まともに考えることをやめてはぐらかした。

克敏との出会いは、もう四十年近く前になる。知子が事務員として勤めていた病院に、医療機器の営業マンとして克敏が定期的に点検に訪れていた。あるとき、院長の「長谷川さん」と呼ぶ声に、「はい」と知子が返事をし、院長のもとへ行くと、

「ああ、男の長谷川さんだよ」と院長が言って、隣の克敏と顔を見合わせて微笑んだ。まわりのスタッフにも笑われて、知子は頬を染めた。それから、「男長谷川さん」「女長谷川さん」などと呼び分けられたり、「長谷川さん同士、仲よくすれば?」などと周囲に冷やかされたりしているうちに、本人同士もその気になり、仕事が終わったあとにデートする関係になったのだった。結婚によって、知子は病院を辞めた。

「ああ、それで思い出したんだけど」

と、真麻が、仏壇に供えたはずの茶饅頭《ちゃまんじゅう》を一つ手にして言った。「わたしの友達に『姓を変えたくないから』って、結婚をためらっている人がいるの。選択的夫婦別姓制度の導入に向けて活動している人だけどね。『いっそのこと、自分と同じ名字の人を探そうかな』って言うから、『あら、うちの母がそうだよ。長谷川と長谷川で結婚したの』って言ったら、すごく興味を示してきてね。『ぜひ、お母さんに会わせて。いろいろ話を聞いて参考にしたいから』って」

＊

姓を変えたくないから結婚をためらっているという真麻の友達、鈴本留美《すずもとるみ》は、一週間後に知子の家にやってきた。

「長谷川知子さん……ですよね。お母さまの結婚生活は、わたしたちの理想です」

鈴本留美は、知子に会うなり顔を紅潮させ、興奮した口調でそう切り出して、説明を始めた。

「わたしたち、選択的夫婦別姓制度の実現に向けて、署名運動や講演活動などを行なってきましたが、どうも導入への道のりは遠いようです。それで、どうしたか。突拍子もないと思われるかもしれませんけど、夫婦別姓がダメなら、最初から同じ名字同士で結婚すればいい。そう考えて、志を同じくする者たちが集まって、婚活サイトの『同姓婚サークル』を作ったんです。苦肉の策と言われてもかまいません。閃いたときは、画期的だと思いました。それで、実際に、同姓婚をしている大先輩にお話をうかがってみたいと思い、おうかがいした次第です」

「わたしの話が参考になるのかしら。主人を亡くしているし」

知子は、仏壇のある和室へちらりと目をやった。

「結婚で改姓するのは大半が女性なので、お母さまのお話をうかがえれば充分です」

鈴本留美は、身を乗り出して質問につなげた。「結婚にあたって、相手が同じ姓であることをどう受けとめましたか？」

「どうって……好きになった人が偶然、同じ名字だっただけで。ああ、だけど、同じ名字ゆえにまわりに冷やかされて、それでお互いに意識するようになった側面もあるのかも」

出会いを思い起こして、知子は言った。

「同じ姓であったことのメリット、デメリットは？」

「先にデメリットは……そう、同じ名字ゆえに、呼び方に迷ったことかしら。『長谷川さん』と呼ぶと、身内を呼んでいるような感覚で。だから、わりと早期に名前で呼ぶようになったわね」

「ちなみに、ご主人のお名前は？」

「克敏です。『克敏さん』と、名前で呼んでいたわ。あちらも『知子さん』と名前で」

鈴本留美の質問に、知子は少しはにかんで答えると、続けてメリットに言及した。

「同じ名字だったことで、結婚後の手続きは簡単だったわね。名字が変わらないのだから、急いで書き換えの手続きをしなくても困らなかったし」

「運転免許証や健康保険証やパスポート、銀行通帳などですね」

「ええ、基本的に本籍の記載が必要ないものなら、書き換える必要はなかったので。印鑑も作る必要はなかったし」

「じゃあ、やっぱり、わたしも同じ名字の人と結婚したいなあ」

鈴本留美は、「うらやましい」というしぐさなのか、両頰に手をあてて首をすくめてみせると、「でも、長谷川姓はそんなに珍しくないですよね。わたしの鈴本姓は、日本人の名字の順位で数えると七千番台ですよ。鈴木姓は、佐藤に続いて第二位なのに、木が本になったら、途端に珍しくなって」とおどけた口調で続けた。

「婚活サークルで、鈴本姓の人から反応はあったの?」

「それが、まだ現れなくて。鈴本姓の従兄弟《いとこ》は二人いるんですけど、死んでも一緒になりたくないやつらでして」

「そうなの」

鈴本留美が憎々しげに顔をしかめて言ったので、知子は笑ってしまった。

「ほんと、お母さま……知子さんがうらやましいです。対等で理想的な結婚ができたわけで」

「あ……対等といっても、すべて同じというわけじゃなくてね」

少し迷ったが、そこも触れるべきだろう、と知子は考えた。「役所に婚姻届を出しにいったときに、窓口で『どちらの長谷川姓にしますか？』って聞かれてね。同じ姓が二つ並んでいるから、夫の長谷川でも妻の長谷川でもどちらでもいいだろうと思いがちだけど、どちらか選ばなくちゃいけないの。でも、選んだら、そっちが戸籍の筆頭者になる。だから、わたしの中でもそういうのはやっぱり男性よね、という意識があって、彼の長谷川のほうに丸をつけました。だから、高校の卒業名簿などで、結婚して『佐藤』から同じ『佐藤』になった女性が、旧姓欄のかっこに『佐藤』と書くのは、間違いじゃないのよ。決して、結婚したことを周囲に知らしめるためではなくてね」

「よく世間では入籍という表現をするけど、本当は違うんですよね。夫の籍に妻が入るわけじゃなくて、二人で新しい戸籍を作る。つまり、作籍《さくせき》ってことです。その呼称も、わたしたちは、広めていこうと活動しています」

「入籍じゃなくて作籍。いい言葉かもしれないわね」

我ながら、うわの空で受け答えをしている、と知子は思った。

「入籍という言葉を廃止して、作籍にすれば、戸籍の筆頭者とか世帯主という概念も薄まっていく気がするんです」

「ああ……そうかもしれない」

「いろいろ参考になりました。ありがとうございました」

礼を言って鈴本留美が帰ると、一人になった部屋で、知子は深いため息をついた。

鈴本留美に伝えなかったことがあった。いや、伝えられなかったことが。

いまの知子は、「長谷川知子」であって、「長谷川知子」ではない。今年になって役所に行き、復氏届を出したのである。窓口の女性は「旧姓も長谷川さんですよね?」と首をかしげたが、「本籍を変更したいので」と言ったら、「そういうことですか」と納得がいったようだった。

＊

知子は、夫の「長谷川」姓から自分のものであった旧姓の「長谷川」に戻したのである。同時に、夫の親族との姻族関係終了届も提出した。もちろん、夫の親族にその事実が伝わることはない。

結婚したときは、確かに、「同じ長谷川姓で、各種手続きが面倒でなくてよかった」と喜んだ。だが、夫の親族との交流が生まれた途端、自分の考えが甘かったのを知った。

夫の実家に行ったときや、夫の親戚が集まる場などで、つねに誰かが二つの「長谷川」を比較して、自分たちの「長谷川」を持ち上げ、知子の旧姓である「長谷川」を貶《おとし》め、蔑んだ。夫の実家は旧家で、屋号（家号）から「鍵屋」と冠されて呼ばれており、知子の「長谷川」は、実家のある地名から「新町」と冠されて呼ばれた。

――鍵屋の長谷川では、こんな塩辛い味つけはしないけどね。

――新町の長谷川では、慶事にこれっぽっちしか包まないのか？　鍵屋ではもっと包むけどな。

――同じ長谷川でも、家紋は違うのね。着物の紋、作り替えてもらいましょう。新町の親御さんたち、嫁入りのときに気がつかなかったのかしら。

――新町より鍵屋の長谷川のほうが、高学歴の人間が多いなあ。

――家の造りも、新町の長谷川より鍵屋のほうが立派だしな。

嫁いびりされるたびに、克敏は知子をかばってくれたが、それでも、かばいきれないときもあった。

克敏が亡くなり、毎朝仏壇に手を合わせているうちに、苦い思い出がよみがえってきた。それらを吹っ切るための解決策だった。とりあえず、夫の親族がその周辺に居住している本籍地を書類から消し去りたかった。

復氏届や姻族関係終了届を提出したことは、娘の真麻にも話していない。

知子は仏壇の前に行き、夫の遺影に向かって語りかけた。

「わたしの名前は、長谷川知子。あなたと結婚する前も、結婚したあとも同じ。それなのに、あら探しをするように『違い』を見つけたくてたまらない人っているのね」

「おまえには辛《つら》い思いをさせたよな。次生まれてくるときは、俺がおまえの『長谷川』にするよ」

遺影の夫がそう答えて、微笑んだ気がした。

あとがき

昨年の暮れ、朝日新聞デジタルから取材の申し込みがあった。「選択的夫婦別姓制度についてどう考えるか」という内容で、なぜ、わたしのところにこういう取材がきたのだろう、と首をかしげた。

仕事場で会った女性記者は、「新津さんの作品を読んで、作中のトリックにたびたび夫婦の名字を登場させているのが気になりました。それだけ名字というものを意識されているのかと思いました」と言った。

――へーえ、そうなのか。

自分でも意識していなかったことに気づかされて、わたしは改めて、過去の作品を読み返してみた。確かに、タイトルに「名」が入ったものや、名字や名前を題材にした作品がいくつもある。

取材の場に同席していた編集者も関心を持ち、「では、『なまえ』にまつわる作品をピックアップして、テーマに沿って選び、短編集にまとめてみましょうか」と、企画を提案してくれた。

彼女の協力を得て、「なまえ」を題材にした短編を丹念に読み込み、まとまった短編集が本作である。

一番古い作品は、一九九八年に小説誌に発表した「時効を待つ女」（第五十二回日本推理作家協会賞短編および連作短編集部門候補作）だが、ご存じのように殺人事件の公訴時効は、二〇一〇年に廃止されている。もっとも新しい作品は、今年書き下ろした「こだわり」である。「こだわり」の中の「表札」は、七十代の女性の新聞投稿を参考にさせていただいた。

二十四年間にわたる、新津きよみの「なまえ」へのこだわりが詰まった短編集として、気軽にお読みください。

二〇二二年八月

デビュー三十四年・九十六冊目

新津きよみ